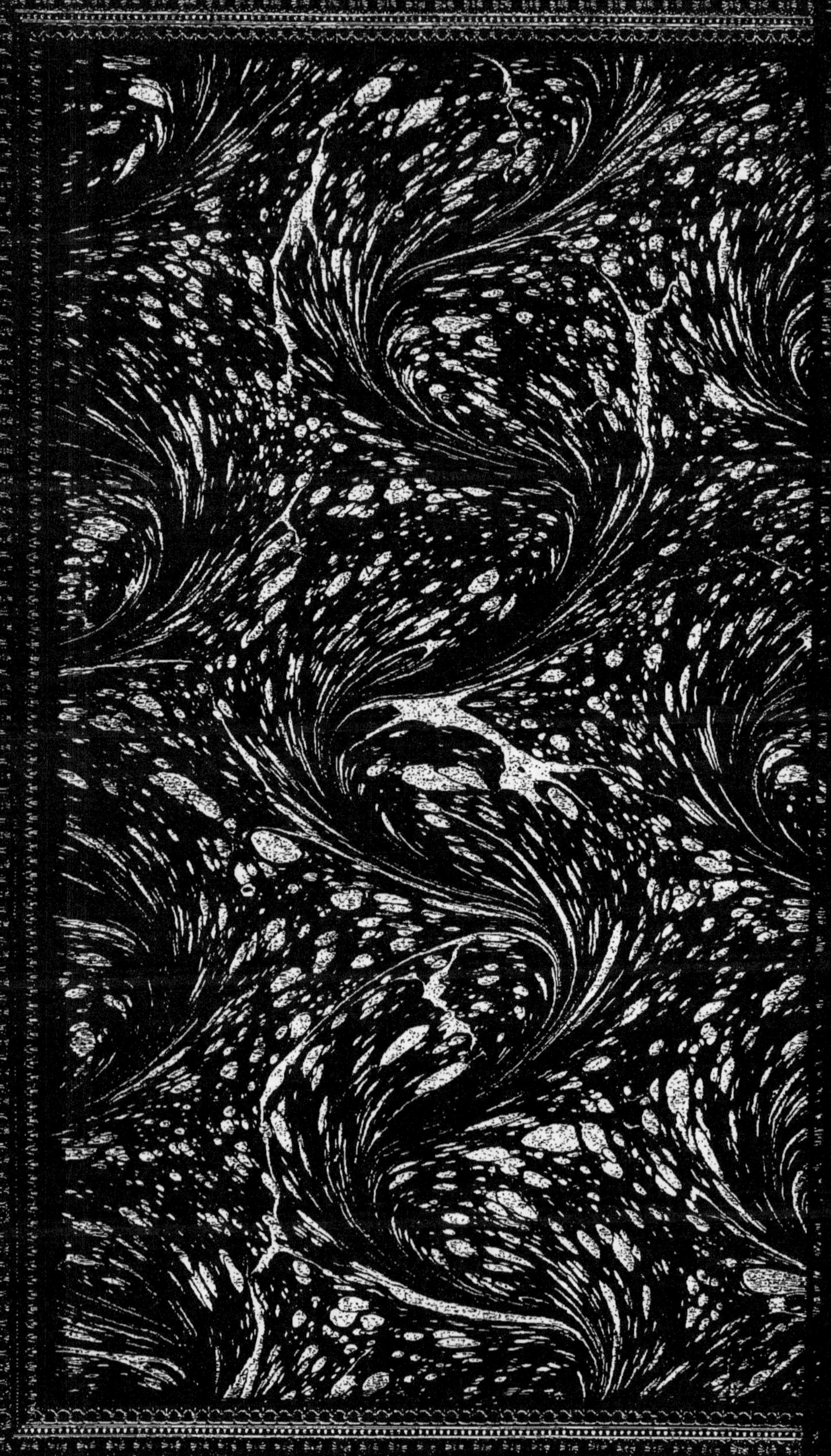

LA FILLE DE JOIE.

· *Frontispice* ·

LA FILLE
DE JOIE,
OU
MÉMOIRES
DE
MISS FANNY,
ÉCRITS PAR ELLE-MÊME.

A PARIS,

Chez MADAME GOURDAN.

M. DCC. LXXXVI.

MÉMOIRES DE MISS FANNY,

ÉCRITS PAR ELLE-MÊME.

Je vais te donner, ma chere amie, une preuve indubitable de ma complaiſance à ſatisfaire tes deſirs; & quelque mortifiante que puiſſe être la tâche que tu m'impoſes, je me ferai un devoir de détailler avec fidélité les ſcènes lubriques d'une vie débordée, dont je me ſuis enfin tirée heureuſement, pour jouir de toute la félicité que peuvent procurer l'amour, la ſanté, & une fortune honnête : étant d'ailleurs encore aſſez jeune pour en goûter le prix, & pour cultiver un eſprit, qui naturellement n'étoit pas dépravé, qui, même parmi les diſſipations, où je me vis entraînée, ne laiſſa point de former des obſervations ſur les mœurs & les caracreres des hommes; obſervations peu communes aux perſonnes de l'état où j'ai vécu, leſquelles, ennemies de toute réflection, les banniſſent pour jamais, afin d'éviter les remords qu'un retour ſur elles-mêmes feroit naître dans leurs cœurs.

Haïſſant auſſi mortellement que je le fais, toute préface inutile, je ne te ferai point languir par un exorde ennuyeux; je te dois ſeulement avertir que je retracerai toutes mes actions avec la même liberté que je les ai commiſes.

La vérité guidera ma plume. Je ne prendrai même point la peine de couvrir de la plus legére gaze mes crayons: je peindrai les choſes d'après nature, ſans craindre de violer les loix de la décence, qui ne ſont pas faites pour des perſonnes auſſi intimément amies que nous. D'ailleurs tu as une connoiſſance trop conſommée des plaiſirs réels, pour que leur peinture te ſcandaliſe. Tu n'ignores pas que les gens d'eſprit & de goût ne font nul ſcrupule de décorer leurs cabinets de nudités de toute eſpece, quoique, par la crainte qu'ils ont de bleſſer l'œil du vulgaire, ils n'aient garde de les expoſer dans leurs ſallons.

Paſſons à mon hiſtoire. On m'appelloit, étant enfant, *Francis Hill.* Je ſuis née de parens fort pauvres, dans un petit Village près de *Liverpool Lancashire.*

Mon pere, qu'une infirmité empêchoit de travailler aux gros ouvrages de la campagne, gagnoit à faire des filets, une très-médiocre ſubſiſtance, que ma mere n'augmentoit guères en tenant une petite école de filles dans le voiſinage. Ils avoient eu pluſieurs enfans, dont j'étois reſtée ſeule.

Mon éducation jusqu'à l'âge de quatorze ans avoit été des plus communes. Lire, ou plutôt épeller, griffoner & coudre assez mal, faisoit tout mon savoir. A l'égard de mes principes, ils consistoient dans une parfaite ignorance du vice, & dans une sorte de retenue & de timidité naturelles à notre sexe, dont nous ne nous guérissons que trop tôt aux dépens de notre innocence.

Ma bonne mere avoit toujours été tellement occupée de son école & des petits embarras du ménage, qu'elle n'avoit employé que bien peu de tems à m'instruire. Au reste, elle étoit trop ignorante du mal, pour être en état de me donner des leçons qui pûssent m'en garantir.

J'étois entrée dans ma quinzieme année, lorsque les chers & déplorables auteurs de ma vie moururent de la petite vérole à quelques jours l'un de l'autre. Je me trouvai par leur mort une malheureuſe orpheline ſans reſſource & ſans amis, car mon pere, qui étoit du Comté de *Kent*, s'étoit établi par hazard en cet endroit-là. Je fus auſſi attaquée de cette contagieuſe maladie, mais fort légérement, & ſans qu'il m'en reſtât aucune marque. Je paſſe ſur la véritable affliction où cette perte me plongea. Le tems & l'humeur volage de la jeuneſſe n'en effacerent que trop tôt de ma mémoire la triſte & précieuſe époque. Une jeune femme, nommée *Eſther Davis*, alors dans notre Village, devoit retourner inceſſamment à *Londres*, où elle étoit en ſervice: elle me propoſa de l'y ſuivre, m'aſſurant de m'aider de ſes avis & de ſon crédit pour me faire placer.

Comme il n'y avoit perſonne au monde qui ſe mît en peine de ce que je deviendrois, j'acceptai ſans héſiter l'offre de cette créature, réſolue de tenter fortune; tentative, ſoit dit en paſſant, ſouvent plus funeste, qu'avantageuse à l'un & à l'autre sexe.

J'étois enchantée des merveilles qu'*Esther Davis* me contoit de *Londres* : il me tardoit d'y être, pour voir les Lions de la Tour, le Roi, la Famille Royale, les Mausolées de *Westminster*, la Comédie, l'Opéra, enfin, toutes les jolies choses dont elle piquoit ma curiosité par ses agréables récits.

Mais ses histoires les plus intéressantes étoient, » que nombre de pauvres » campagnardes avoient trouvé moyen, » par leur bonne conduite, de s'enrichir » elles & les leurs ; que bien des filles » vertueuses avoient épousé leurs maîtres, » qui leur faisoient aujourd'hui rouler » carosse ; qu'on en connoissoit même » quelques-unes qui étoient devenues » Duchesses ; que le bonheur faisoit tout, » & que nous y pouvions prétendre aussi-» bien que les autres ". Encouragée par

Pl. A. I.

de ſi flatteuſes prophéties, je me hâtai de réaliſer mon petit héritage, dont le reſtant, les dettes & les fraix d'enterrement acquittés, montoit à huit guinées & dix-ſept ſchellings. J'empaquetai ma modeſte garderobe dans une boîte à perruque, & nous partîmes par le chariot de *Cheſter*. Ma conductrice me ſervit de mere pendant la route, en conſidération de quoi elle jugea à propos de me faire payer ſon écot juſqu'à *Londres*. Elle fit à la vérité les choſes en conſcience, & ménagea ma bourſe comme ſi c'eût été la ſienne.

Lorſque nous fumes arrivées, *Eſther Davis*, ſur la protection de qui je comptois plus que jamais, me pétrifia par une froide harangue, dont voici la ſubſtance: » Loué ſoit Dieu, nous avons fait un bon » voyage: ça, je m'en vais vîte à la mai- » ſon; ſongez à vous mettre en ſervice » le plutôt que vous pourrez; n'appré- » hendez pas que les places vous man-

» quent; il y en a ici plus que de parois» ses. Je vous conseille d'aller au Bureau » (*). Pour moi, si j'entends parler de » quelque chose, je vous en donnerai » avis. Vous ferez bien, en attendant, » de prendre une chambre.... Je vous » souhaite beaucoup de bonheur... J'es» pere que vous serez toujours brave fille, » & ne ferez point tort à la mémoire de » vos parens ". Après cette belle exhortation, elle me fit une courte revérence, & prit congé de moi.

Je sentis avec une amertume inexprimable, la cruauté de son procédé. Elle n'eut pas les talons tournés, que je fondis en larmes, ce qui me soulagea un peu, mais point assez pour me tranquiliser l'esprit sur l'embarras où je me trouvois. Un des garçons de l'Hôtellerie vint mettre le comble à mes inquiétudes, en

(*) Lieu où s'adressent les Domestiques pour trouver condition.

me demandant ſi je n'avois beſoin de rien. Je lui répondis naïvement que non; mais que je le priois de me faire avoir un logement pour cette nuit. L'Hôteſſe parut, & me dit ſéchement, ſans être touchée de l'état où elle me voyoit, que j'aurois un lit pour un ſchelling, & que ne doutant pas que je n'eûſſe des amis dans la Ville, je pourrois me pourvoir le lendemain. Dès que je me vis aſſurée d'un lit, je repris courage, & réſolus d'aller le jour ſuivant au Bureau, dont *Eſther* m'avoit donné l'adreſſe ſur le revers d'une Chanſon.

L'impatience où j'étois de mettre mon projet à exécution, me rendit matineuſe. Je mis à la hâte mes plus beaux atours de Village, & laiſſant l'Hôteſſe dépoſitaire de mon petit butin, je m'en fus droit au lieu qui m'étoit indiqué. Une vieille Matrone tenoit cette maiſon. Elle étoit aſſiſe devant une table avec un gros régître, où paroiſſoit griffonné par ordre alphabétique, un nombre infini d'adresses.

J'approchai de cette vénérable personne les yeux respectueusement baissés, passant à travers une foule prodigieuse de peuple, tous rassemblés pour la même cause. Je lui fis une demi douzaine de révérences niaises, en lui bégayant ma très-humble requête.

Elle me donna audience avec toute la dignité & le sérieux d'un petit Ministre d'État, & m'ayant toisée de l'œil, elle me répondit, après m'avoir fait au préalable lâcher un schelling, que les conditions pour femmes étoient fort rares, & sur-tout pour moi, qui ne paroissois guéres propre aux ouvrages de fatigue; mais qu'elle verroit pourtant sur son livre s'il y avoit quelque chose qui me convint, quand elle auroit expédié quelques-unes de ses pratiques.

Je me retirai tristement en arriere pres-

·PL·B· 2

que déſeſpérée de la réponſe de cette vieille médaille. Néanmoins, pour me diſtraire, je hazardai de promener mes regards ſur l'honorable cohue dont je faiſois partie, & parmi laquelle j'apperçus une groſſe Dame à trogne bourgeonnée, d'environ cinquante ans, qui avoit les yeux fixés avidement ſur moi comme ſi elle eût voulu me dévorer. Je me trouvai d'abord un peu déconcertée; mais un ſentiment ſecret d'amour-propre me faiſant interprêter la choſe en ma faveur, je me rengorgeai de mon mieux, & tâchai de paroître le plus à mon avantage qu'il me fut poſſible. Enfin, après m'avoir bien examinée tout ſon ſaoul, elle m'approcha d'un air extrêmement compoſé, & me demanda ſi je voulois entrer en ſervice? à quoi je répondis qu'oui, avec une profonde révérence.

» Vraiment, (dit-elle,) j'étois venue » ici à deſſein de chercher une fille..... » je crois que vous pourrez faire mon

» affaire.... votre phiſionomie n'a pas » beſoin de répondant.... au moins, ma » chere enfant, il faut bien prendre gar- » de; *Londres* eſt un abominable ſéjour... » ce que je vous recommande, c'eſt de » la ſoumiſſion à mes avis, & d'éviter » ſur-tout la mauvaiſe compagnie". Elle ajouta à ce diſcours mainte autre phraſe plus que perſuaſive pour engeoler une innocente campagnarde, qui ſe croyoit trop heureuſe de trouver une telle condition; car je me figurois avoir à faire à une Dame fort reſpectable.

Cependant la vieille teneuſe de livre, à la vue de qui notre accord s'étoit paſſé, me ſourioit, de façon que j'imaginai ſottément qu'elle me congratuloit ſur ma bonne chance: mais j'ai découvert depuis que les deux gaupes s'entendoient comme larrons en foire, & que cette honnête maiſon étoit un magaſin d'où Madame *Brown*, ma Maîtreſſe, tiroit ſouvent des proviſions pour accommoder ſes chalands.

Elle étoit ſi contente, que, de peur que je ne lui échappâſſe, elle me jetta immédiatement dans un caroſſe, & ayant été retirer ma boîte de mon Auberge, nous fumes deſcendre droit à ſon Logis, rue de.... L'apparence du lieu, le goût & la propreté des meubles, ne diminuerent rien de la bonne opinion que j'avois conçue de ma place. Je ne doutai pas que je ne fûſſe dans une maiſon des mieux famées.

Auſſi-tôt mon inſtallation faite, ma Maîtreſſe débuta par me dire, que ſon deſſein étoit que nous vécûſſions familiérement enſemble, qu'elle m'avoit priſe moins pour la ſervir que pour lui tenir compagnie, & que ſi je voulois être bonne fille, elle feroit plus pour moi qu'une véritable mere. A quoi je répondis niaiſement, en faiſant deux ou trois ridicules révérences, » oui, oh! que ſi, » bien obligée, votre ſervante ».

Un moment après elle ſonna, & une

grande dégingandée de fille parut. « *Marthe*, (lui dit Madame *Brown*,) » je viens d'arrêter cette jeune person- » ne pour prendre ſoin de mon linge : » allez, montrez-lui ſa chambre. Je vous » ordonne ſur-tout de la regarder com- » me une autre moi-même; car je vous » avoue que ſa figure me plaît à un » point, que je ne ſais pas ce que je » ſerai capable de faire pour elle ». *Marthe*, qui étoit une ruſée coquine des mieux ſtilées au métier, me ſalua reſpectueuſement, & me conduiſit au ſecond étage dans une chambre ſur le derriere, où il y avoit un fort bon lit, que je devois partager, à ce qu'elle m'apprit, avec une parente de Madame *Brown*. Après quoi elle me fit le panégirique de ſa bonne & chere Maîtreſſe, m'aſſurant que j'étois fort heureuſe d'être ſi bien tombée; qu'il n'étoit pas poſſible de mieux rencontrer; qu'il falloit que je fûſſe née coëffée; que je pouvois me vanter d'avoir fait un excellent haſard. En un mot, elle me dit cent autres platitudes de cette eſpece, capables de me faire ouvrir les yeux ſi j'avois eu la moindre expérience.

On ſonna une ſeconde fois : nous deſcendimes, & je fus introduite dans une ſalle où la table étoit dreſſée pour trois. Ma maîtreſſe avoit alors avec elle ſa prétendue parente, ſur qui les affaires de la maiſon rouloient. Mon éducation devoit être confiée à ſes ſoins, &, ſuivant ce plan, on étoit convenu que nous coucherions enſemble.

Ici je ſubis un nouvel examen de la part de Mademoiſelle *Phébé Ayres*, ma tutrice, qui eut la bonté de me trouver auſſi de ſon goût. J'eus l'honneur de dîner entre ces deux Dames, dont les attentions & les empreſſemens alternatifs me raviſſoient l'ame.

Il fut arrêté que je garderois la chambre pendant qu'on me feroit des habits convenables à l'état que je devois tenir auprès de ma Maîtreſſe : mais ce n'étoit qu'un prétexte. Madame *Brown* ne vouloit pas que perſonne me vit juſqu'à-ce qu'elle eût trouvé marchand pour mon pucellage, que ma ſimplicité lui faiſoit juger que j'avois encore.

Depuis le dîner juſqu'au ſoir, il ne ſe paſſa rien qui mérite d'être rapporté. L'heure de la retraite étant arrivée, nous montâmes chacune à notre appartement. *Phébé*, qui s'apperçut que j'avois de la honte à me deshabiller en ſa préſence, m'enleva dans la minute mouchoir de cou, robe, & cotillons. Alors rougiſſant de me voir ainſi nue, je me fourrai comme un éclair entre les draps, où la commere ne tarda pas à me ſuivre. *Phébé* avoit environ vingt-cinq ans, & en paroiſſoit dix de plus par ſes longs & fatigans ſervices ; ce qui l'avoit réduite au métier d'appareilleuſe avant le tems.

L'égrillarde

L'égrillarde ne fut pas plutôt à mon côté, qu'elle m'embraſſa d'une ardeur incroyable. Je trouvai ce manege auſſi nouveau que bizarre; mais l'imputant à la ſeule amitié, je lui rendis, de la meilleure foi du monde, baiſers pour baiſers. Encouragée par ce petit ſuccès, elle promena ſes mains ſur les parties les plus ſecrettes de mon corps, & ſes attouchemens libres & laſcifs m'émurent & me ſurprirent davantage qu'ils ne me ſcandaliſerent.

Les éloges flatteurs dont elle aſſaiſonnoit ſes careſſes, contribuérent à me gagner : ne connoiſſant point le mal, je n'en craignis aucun; d'autant plus qu'elle m'avoit démontré qu'elle étoit femme, en me faiſant patiner deux flaſques tétons qui lui pendoient ſur le bas-ventre, & dont le volume énorme étoit plus que ſuffiſant pour faire la diſtinction des deux ſexes, ſur-tout pour moi, qui n'en connoiſſois point d'autre.

Je demeurai donc aussi docile qu'elle pût le desirer, ses privautés ne faisant naître dans mon cœur que l'émotion d'un plaisir d'autant plus vif & plus pénétrant, que je l'avois ignoré jusqu'alors. Un feu subtil se glissa dans mes veines, & m'embrasa pour ainsi dire jusqu'à l'ame. Ma gorge, ou plutôt mes deux petits tétons naissans, fermes & polis, irritant de plus en plus ses desirs, *Phébé* porta la main sur cette imperceptible trace qu'un jeune duvet de soie garnissoit depuis quelques mois, & qui promettoit d'ombrager un jour l'agréable réduit des plus délicieuses sensations, mais qui jusqu'alors avoit été le séjour de la plus insensible innocence. Ses doigts jouoient & tâchoient d'allonger les tendres scions de cette charmante mousse, que la nature a fait croître autant pour l'ornement, que pour l'utilité.

Mais, non contente de ces préludes, *Phébé* tenta le point principal, en intro-

·PL·C· 3

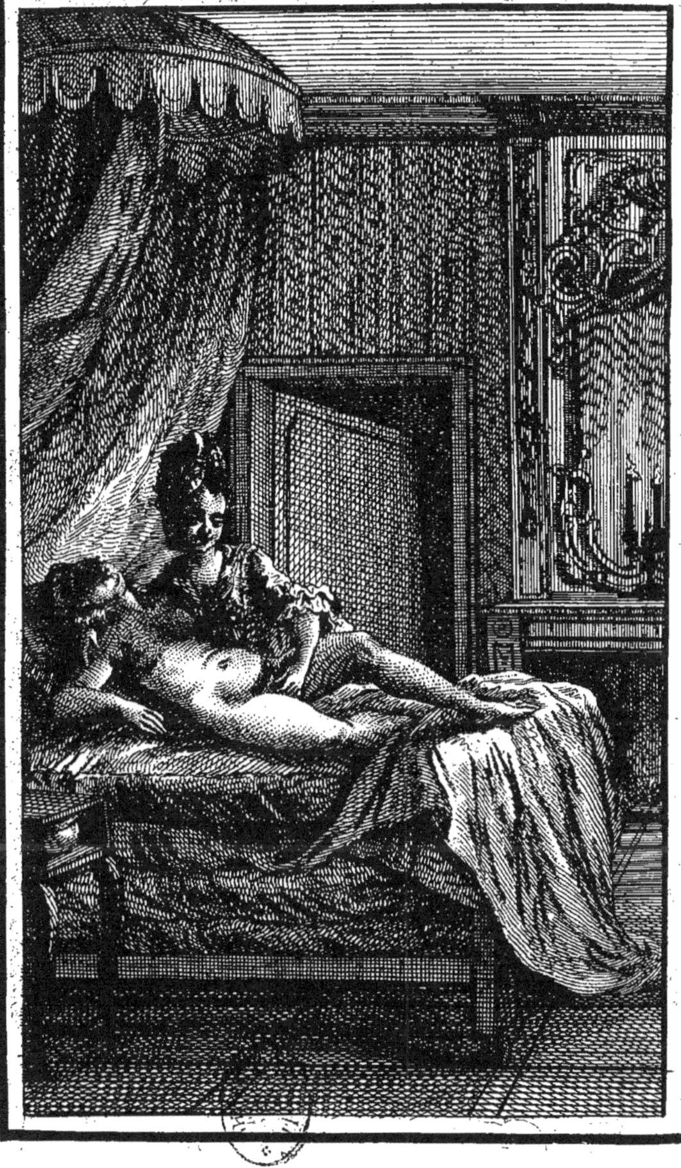

duiſant par gradations ſon index juſqu'au vif; ce qui m'auroit, ſans doute, fait ſauter hors du lit, & crier au ſecours, ſi elle ne s'y étoit pas priſe auſſi doucement qu'elle le fit.

Ses attouchemens laſcifs avoient allumé, dans tout mon corps, un feu nouveau, qui s'étoit principalement concentré dans ce réduit, que la nature ſemble lui avoir deſtiné, & où des mains étrangeres s'égaroient pour la premiere fois, tantôt pinçant, tantôt écartant ces tendres levres, un doigt entre deux, juſqu'à ce qu'un hélas! profond fit connoître à *Phébé* qu'elle touchoit à ce paſſage étroit & inviolé, qui lui refuſoit une entrée plus libre.

Enfin, la Meſſaline triompha. Je reſtai entre ſes bras dans une eſpece d'anéantiſſement ſi délectable, que j'aurois ſouhaité qu'il ne ceſſât jamais. « Ah! (s'é» crioit-elle, en me tenant toujours ſer-

» rée), que tu es une aimable en» fant !..... quel ſera le mortel aſſez » heureux pour te rendre femme !.... » Dieux ! que ne ſuis-je homme ! » Elle interrompoit ces expreſſions entrecoupées par les baiſers les plus chauds & les plus lubriques que j'aie reçus de ma vie. J'étois ſi tranſportée, mes ſens étoient tellement confondus, que je ſerois peut-être expirée, ſi des larmes délicieuſes, qui m'échapperent dans la vivacité du plaiſir, n'euſſent en quelque maniere calmé le feu dont je me ſentois dévorée.

Phébé, l'impudique *Phébé*, à qui tous les genres de paillardiſe étoient connus, avoit pris, ſelon toute apparence, ce goût bizarre en éducant de jeunes filles. Ce n'étoit pas néanmoins qu'elle eût de l'averſion pour les hommes, ou qu'elle ne les préférât à notre ſexe ; mais un penchant inſurmontable pour les plaiſirs les lui faiſoit prendre indiſtinctement, de quelque façon qu'ils ſe préſentaſſent. Rien, en un mot, n'étant capable de la raſſaſier, elle jeta tout-à-coup le drap au pied du lit, & je me trouvai la chemiſe au deſſus des épaules, ſans que j'euſſe la force de me dérober à ſes regards luxurieux; car la chandelle brûlant encore, elle pouvoit me voir à ſon aiſe. Je ne ſaurois m'empêcher de l'avouer, ſi je rougis alors, c'étoit moins de modeſtie que de deſirs.

« Non, (me diſoit-elle), ma chere » poule, non, tu ne me cacheras pas tant » de beautés: il faut que je ſatisfaſſe ma » vue auſſi bien que mes mains... je veux » dévorer des yeux cette gorge naiſ- » ſante.... Laiſſe-la moi baiſer..... Je » ne l'ai point aſſez conſidérée....Que » je la baiſe encore une fois!.... Ciel! » quelle peau délicate & ferme!..... » quelle blancheur!..... L'admirable » corſage!..... Oh! le charmant du- » vet!.... de grace, ſouffre que je voie

» cette jolie petite fente..... C'en eſt » trop.... je n'en puis plus..... Il » faut, il faut ». Ici elle ſe ſaiſit de ma main, & la porta à l'endroit que l'on ſait. Mais que les mêmes choſes ſont quelquefois différentes ! Une épaiſſe & forte toiſon couvroit le large orifice de cette énorme cavité. Je crus que je m'y perdrois toute entiere. Cependant, après s'être bien démenée, ſon ardeur ſe rallentit : elle ſoupira profondément, & je me ſentis auſſi-tôt certaine moiteur glutineuſe entre les doigts, dont l'expérience m'a depuis développé la cauſe. *Phébé*, qui tout en ſe trémouſſant contre ma main, me tenoit toujours étroitement ſerrée entre ſes bras, & ſembloit, par ſes baiſers redoublés, attirer nos ames ſur nos levres brûlantes & collées enſemble, lâcha enfin mollement priſe, ſe remit à mon côté, éteignit la chandelle & retira ſur nous la couverture.

J'ignore le plaiſir dont elle jouït ; mais

je ſais bien, que je goûtai cette nuit, pour la premiere fois, les tranſports de la nature; que les premieres idées de la corruption s'emparerent de mon cœur; & que j'éprouvai, en outre, que la mauvaiſe compagnie d'une femme n'eſt pas moins fatale à l'innocence que la ſéduction des hommes : mais, continuons.... Lorſque la paſſion de *Phébé* fut aſſouvie, & qu'elle goûtoit un calme dont je me trouvois bien éloignée, elle me ſonda artificieuſement ſur tous les points qu'elle crut de l'intérêt de ſa vertueuſe Maîtreſſe; & conçut, par mes réponſes, par mon ignorance, & par la chaleur de mon tempérament, les eſpérances les plus flatteuſes.

Après un dialogue aſſez long, ma compagne de lit me laiſſa à moi-même; ſi bien que, provoquée par les violentes émotions que j'avois ſouffertes, je m'endormis ſur le champ, &, dans un de ces ſonges délicieux, que les feux du plaiſir font naître, je réalisai mes transports de la veille.

Je m'éveillai le matin à dix heures, très-gaie & parfaitement rétablie de mes fatigues. Madame *Brown* entra comme nous sortions du lit : je tremblois qu'elle ne me grondât de m'être levée si tard; mais tout au contraire, elle me mangea de caresses, & me dit les choses du monde les plus flatteuses. Après quoi on se mit à m'équiper promptement pour me faire paroître avec décence devant un des chalands de la maison, qui attendoit déja que je fusse visible. Je puis dire, sans vanité, que, malgré tous les soins que l'on prit à me parer, la nature faisoit mon plus grand ornement. J'étois d'une taille avantageuse & faite au tour; j'avois les cheveux noirs, la peau d'un blanc à éblouir, les traits du visage réguliers; j'avois de grands yeux bleus pleins de feu; ma gorge étoit parfaite; en un mot, je faisois un morceau de roi,

Aussi-tôt ma toilette achevée, nous descendîmes, & Madame *Brown* me présenta à un vieux cousin de nouvelle création, qui après m'avoir saluée, m'appuia sur la bouche un baiser, dont je l'aurois volontiers dispensé. En effet, on ne pouvoit gueres voir une plus désagréable figure. Que l'on se représente un homme de soixante ans passés, petit & contrefait, de couleur de cadavre, avec de gros yeux de bœuf, une bouche fendue jusqu'aux oreilles, garnie de deux ou trois défenses au lieu de dents, une haleine pestilentielle, enfin un monstre dont le seul aspect faisoit horreur.

C'étoit là le gentilhomme à qui ma bienfaitrice, son ancienne pourvoyeuse, me destinoit. Suivant ce beau projet, elle me fit tenir droite devant lui, me tourna tantôt d'une façon, tantôt de l'autre, & détachant mon mouchoir, lui fit remarquer les mouvemens, la forme & la blancheur de ma gorge. Quand on crut le bouc ſuffiſamment prévenu par cet échantillon de mes charmes, *Phébé* me reconduiſit à ma chambre, & ayant fermé la porte, elle me demanda myſtérieuſement, ſi je ne ferois pas bien aiſe d'avoir un auſſi beau cavalier pour mari? (je ſuppoſe qu'on lui donnoit le titre de beau, parce qu'il étoit galonné.) Je répondis naïvement que je ne ſongeois point au mariage, mais que ſi jamais j'avois un choix à faire, ce feroit parmi les gens de ma ſorte, me figurant que tous les beaux cavaliers étoient faits ſur le modele de ce hideux animal.

Tandis que *Phébé* employoit ſa rhétorique à me perſuader en ſa faveur, Maman *Brown*, ainſi que j'ai ouï dire depuis, l'avoit taxé à cinquante guinées pour la ſeule permiſſion d'avoir un entretien préliminaire avec moi, & à cent de plus au cas qu'il obtint l'accompliſſement de ſes deſirs, le laiſſant maître de me récompenſer comme il le jugeroit à propos. Le marché fut à peine conclu, qu'il prétendit qu'on lui livrât la marchandiſe ſur le champ. On eut beau lui repréſenter que je n'étois pas encore préparée à une pareille attaque; qu'il falloit tâcher de m'apprivoiſer avant de bruſquer les choſes; que timide & jeune comme je l'étois, on riſqueroit de m'effaroucher & de me rebuter par trop de précipitation. Diſcours inutiles : tout ce qu'on put obtenir de lui, fut qu'il patienteroit juſqu'au ſoir.

Pendant le dîner mes deux embaucheuſes ne ceſſerent d'exalter le merveilleux couſin, & me dirent « que j'avois eu » le bonheur de le rendre ſenſible dès la » premiere vue.... qu'il me feroit ma » fortune ſi je voulois être bonne fille, » & ne point écouter mon caprice.... » que je pouvois compter ſur ſon hon» neur.... que je ſerois au niveau des » plus grandes dames du Royaume ». Elles ajouterent à ces faſtidieux propos maintes autres bêtises capables de tourner la tête d'une pauvre innocente telle que moi, si l'aversion insurmontable, que j'avois pour lui, n'eût rendu leur babil sans effet.

La séance fut si longue, qu'il étoit environ sept heures quand nous sortîmes de table. Je montai à ma chambre : notre vénérable abbesse m'y suivit incontinent après, escortée de mon effroyable satyre. L'introduction faite, elle me dit qu'une affaire de la derniere importance la forçoit de nous quitter, que je l'obligerois sensiblement de vouloir bien tenir compagnie à son cher cousin jusqu'à son retour. « Pour vous, Monsieur, (ajouta-t-elle,) songez, par vos attentions & vos bonnes manieres, à vous rendre digne de l'affection de cette aimable enfant. Adieu ; ne vous ennuiez point ». En proférant ces derniers mots, la perfide étoit déja presqu'au bas de l'escalier. Je m'attendois si peu à ce départ précipité, que je tombai sur le sopha comme pétrifiée. Le vieux pénart se mit aussi-tôt près de moi, & voulant m'embrasser, son haleine infecte me fit évanouir. Alors, profitant de l'état où j'étois, il me découvrit brusquement la gorge, qu'il profana de ses regards & de ses attouchemens impurs. Encouragé par cet heureux début, l'infame m'étendit de mon long, & eut l'audace de glisser une de ses mains sous mes jupes : cette outrageante tentative me rappella à la vie. Je me relevai avec promptitude, & le suppliai, fondant en larmes, de ne me faire aucune insulte. « Qui, moi, ma » chere, (dit-il,) vous faire insulte! ce » n'est pas mon intention; est-ce que la » vieille Matrone ne vous a pas appris » que je vous aime? que je suis dans le » dessein de .... Je sais cela, Monsieur, » (interrompis-je;) mais je ne saurois » vous aimer; sincérement je ne le » puis .... de grace, laissez-moi .... » oui, je vous aimerai de tout mon

» cœur, ſi vous voulez me laiſſer & vous » en aller ». C'étoit parler en l'air. Mes pleurs ne ſervirent qu'à l'enflammer davantage : il m'étendit de nouveau ſur le ſopha, & après m'avoir jetté la chemiſe par deſſus la tête, le vilain fit, en ſoufflant & mugiſſant comme un taureau, des efforts qui ſe terminerent par une libation involontaire, dont je ſentis les effets ſur mes cuiſſes. Ce bel exploit achevé, il me vomit, dans ſa rage, toutes les horreurs imaginables. Je les écoutois avec d'autant moins d'impatience, que je me flattois de n'avoir plus rien à redouter de ſes brutales entrepriſes.

Cependant les pleurs qui couloient de mes yeux, mes cheveux épars, ma gorge nue, en un mot, le déſordre attendriſſant où j'étois, ranimerent ſa luxure. Il radoucit le ton, & me dit, que ſi je voulois me prêter de bonne grace avant que la vieille revint, il me rendroit ſon affection; en même tems il ſe mit en

·PL·D· 4.

devoir de m'embraſſer & de porter la main à mon ſein; mais la crainte & la haine me tenant lieu de force, je le repouſſai avec une violence extrême, & m'étant ſaiſie de la ſonnette, je la ſécouai tant, que la ſervante monta.

Quoique *Marthe* fût accoutumée dès long-tems aux ſcenes de cette eſpece, elle ne put me voir enſanglantée & chiffonnée, comme je l'étois, ſans émotion. De ſorte qu'elle le pria immédiatement de deſcendre, & de me laiſſer reprendre mes ſens, lui promettant que Madame *Brown* & *Phébé* rajuſteroient les choſes à leur retour.... qu'il n'y auroit rien de perdu, pour laiſſer reſpirer un peu la pauvre petite.... qu'en ſon particulier elle ne ſavoit que penſer de tout ceci, mais qu'elle ne me quitteroit pas que ſa Maîtreſſe ne fût rentrée. Le vieux ſinge voyant qu'il ſeroit inutile de perſiſter, ſortit de la chambre plein de rage, & me délivra de ſon abominable figure.

Marthe jugea, au pitoyable état où j'étois, que j'avois beſoin de repos, & m'offrit en conſéquence de me mettre au lit; ce que je refuſai par la crainte que me donnoit le retour du monſtre qui venoit de me quitter. *Marthe* me perſuada cependant ſi bien que je me couchai en proie au plus vif chagrin, & agitée par la cruelle inquiétude d'avoir déplu à Madame *Brown*, dont je redoutois la vue : tant étoit grande ma ſimplicité, car ni la vertu ni la modeſtie n'avoient eu aucune part dans la défenſe que j'avois faite; elle provenoit uniquement de l'averſion que m'avoit inſpirée la brutalité de l'horrible ſéducteur de mon innocence.

Mes deux appareilleuſes rentrerent à onze heures, & ſur le récit que ma libératrice leur fit des procédés brutaux du faux couſin à mon égard, les perfides employerent tous les ſoins imaginables pour me raſſurer & me tranquilliſer l'eſprit.

prit. Cependant elles se flattoient que ce n'étoit que partie remise, & que je leur ferois gagner tôt ou tard le restant du marché; mais heureusement je n'en eus que la peur. Le lendemain au soir j'appris, avec une joie extrême, que l'homme en question venoit d'être arrêté pour dettes. Notre mere Abbesse persuadée par le mauvais succès de cette premiere épreuve, qu'il falloit, avant de faire de nouvelles tentatives, essayer d'adoucir mon humeur sauvage, crut que le plus sûr moyen étoit de me livrer aux instructions d'une troupe de femmes qu'elle entretenoit à la maison. Conformément à ce beau projet, elles eurent toutes la liberté de me voir.

En effet, l'air délibéré de ces créatures, leur gaieté, leur étourderie me gagnerent tellement le cœur, qu'il me tardoit d'être aggrégée parmi elles. La timide retenue, la modestie, la pureté des mœurs que j'avois apportées de mon village, se diſſiperent en leur compagnie comme la roſée du matin diſparoît aux rayons du ſoleil.

Madame *Brown* me gardoit pourtant toujours ſous ſes yeux juſqu'à l'arrivée d'un Seigneur avec qui elle devoit trafiquer de ce joyau frivole qu'on priſe tant, & que j'aurois donné pour rien au premier crocheteur qui auroit voulu m'en débarraſſer ; car dans le court eſpace que j'avois été livrée à mes compagnes, j'étois devenue ſi bonne théoricienne, qu'il ne me manquoit plus que l'occaſion pour mettre leurs leçons en pratique. Juſques là je n'avois encore entendu que des diſcours : je brûlois de voir des choſes ; le haſard me ſatisfit ſur cet article, lorſque je m'y attendois le moins.

Un jour vers le midi, que j'étois dans une petite garde-robe obſcure, ſéparée de la chambre de Madame *Brown* par une porte vitrée, j'entendis je ne ſais

·PL·E· 5.

quel bruit, qui excita ma curiosité. Je me glissai doucement, & je me postai de telle façon que je pouvois tout voir sans être vue. C'étoit notre Révérende Mere Prieure elle-même, suivie d'un jeune Grenadier à cheval, grand, bien découplé, &, selon les apparences, un héros dans les joyeux ébats.

Je n'osois faire le moindre mouvement, ni respirer, de peur de manquer, par mon imprudence, l'occasion d'un spectacle que je soupçonnois devoir être fort intéressant; mais la paillarde avoit l'imagination trop pleine de son objet présent, pour que tout autre chose fût capable de la distraire. Elle s'étoit assise sur le pied du lit, vis-à-vis la porte de la garde-robe, d'où je ne perdis pas un coup-d'œil de ses monstrueux & flasques appas. Son champion avoit l'air d'un vivant de bon appétit & expéditif. En effet, il posa, sans cérémonie, ses larges mains sur les effroiables mammelles, ou plutôt ſur les longues & peſantes calle-baſſes de la mere *Brown*. Après les avoir patinées quelques inſtans avec autant d'ardeur que ſi elles en avoient valu la peine, il la jetta bruſquement à la renverſe, & couvrit de ſes cotillons ſa face bourgeonnée. Tandis que le drôle ſe débrailloit & mettoit culottes bas, mes yeux eurent le loiſir de faire la revue des plus énormes choſes qu'il ſoit poſſible de voir & qu'il n'eſt pas aiſé de définir. Qu'on ſe repréſente une paire de cuiſſes courtes & groſſes, d'un volume inconcevable, terminées en haut par une horrible échancrure, hériſſée d'un buiſſon épais de crin noir & blanc, on n'en aura encore qu'une idée imparfaite.

Mais voici ce qui occupa toute mon attention. Le héros produiſit au grand jour cette merveilleuſe & ſuperbe piece qui m'avoit été inconnue juſqu'alors, & dont le coup-d'œil ſimpatique me fit ſentir des chatouillemens preſqu'auſſi

·PL·5·

5.bis

délectables que si j'eusse dû réellement en jouïr. Madame *Brown* l'empoigna, & l'ayant placée à l'entrée de son effroyable embrasure, le Gars se laissa tomber sur elle. Aussi-tôt les secousses du lit, le bruit des rideaux, leurs soupirs mutuels m'annoncerent qu'il avoit donné dans le but. La vue d'une scene si touchante porta le coup mortel à mon innocence.

Pendant la chaleur de l'action, je glissai ma main sous ma chemise, & pénétrant du bout du doigt le réduit des voluptés aussi avant que je le pus, je tombai tout-à-coup dans cette délicieuse extase où la nature, accablée de plaisir, semble se confondre & s'anéantir.

Quand j'eus assez repris mes sens pour être attentive au reste de la fête, j'apperçus la vieille futaille embrassant comme une forcénée son Grenadier, qui paroissoit en cet instant plus rebuté que touché de ses caresses. Mais une rasade d'eſprit de genievre qu'elle lui fit avaler, & certain mouvement officieux d'un poignet adroit & ſouple, lui rendirent bientôt ſon premier état. Alors j'eus tout le loiſir de remarquer le mécaniſme admirable de cette partie eſſentielle de l'homme. La tête rouge & enflammée de l'inſtrument décoëffé, ſa longueur & ſon énorme groſſeur, un buiſſon épais d'un poil dur & friſé qui en ombrageoit la racine, joint au vaſte gouſſet qui branloit au-deſſous, tout fixa mon attention & augmenta mes tranſports, qui ne firent que s'accroître, par l'aſpect des plaiſirs d'un ſecond combat, que ma poſition me fit voir diſtinctement.

Avant de congédier ſon Gars, Madame *Brown* lui mit trois ou quatre guinées dans la main ; le drôle étoit non-ſeulement ſon favori, mais celui de toute la maiſon. Elle avoit eu grand ſoin de me tenir cachée, de crainte qu'il n'eût pas la patience d'attendre l'arrivée du

Seigneur, à qui mes prémices étoient destinées; car on ne se seroit point avisé de lui disputer son droit d'aubaine.

Aussi-tôt qu'ils furent descendus, je volai à ma chambre, où m'étant renfermée, je me livrai intérieurement aux douces émotions qu'avoit fait naître en mon cœur le spectacle dont je venois d'être témoin. Je me jetai sur mon lit dans une agitation insupportable, & ne pouvant résister au feu qui me dévoroit, j'eus recours à la triste ressource du manuel des solitaires; mais malgré mon impatience, la douleur que l'intromission de mon doigt me fit, m'empêcha de poursuivre jusqu'à ce que *Phébé* m'eût donné là-dessus de plus amples instructions.

Quand nous fumes ensemble, je la mis sur cette voie, en lui faisant un narré fidele de ce que j'avois vu. Elle me demanda quel effet cela avoit produit en moi. Je lui avouai naïvement que j'avois reſſenti les deſirs les plus violens ; mais qu'une choſe m'embarraſſoit beaucoup. « Et qu'eſt-ce que c'eſt, (dit-» elle,) que cette choſe ? Eh ! mais, » (répondis-je,) cette terrible ma-» chine qui m'a paru pour le moins » auſſi groſſe que mon poignet & lon-» gue de plus d'un pied, comment eſt-il » poſſible qu'elle puiſſe entrer ſans me » faire mourir de douleur, puiſque vous » ſavez bien que je ne ſaurois y ſouf-» frir même le petit doigt ? .... A » l'égard du bijou de ma maîtreſſe & » du vôtre, je conçois aiſément, par » leurs dimenſions, que vous ne riſquez » rien. Enfin, quelque délectable qu'en » ſoit le plaiſir, je crains d'en faire » l'eſſai ».

Phébé me dit en riant qu'elle n'avoit pas encore ouï perſonne ſe plaindre qu'un ſemblable inſtrument eût jamais fait de bleſſures mortelles en ces endroits-là, & qu'elle en connoiſſoit d'auſſi jeunes

& d'auſſi délicates que moi, qui n'en étoient pas mortes..... Qu'à la vérité nos bijoux n'étoient pas tous de la même meſure; mais qu'à un certain âge, après quelque tems d'exercice, cela prêtoit comme un gant; qu'au reſte ſi celui-là me faiſoit peur, elle m'en procureroit un d'une taille moins monſtrueuſe. « Vous » connoiſſez, (pourſuivit-elle,) *Polly* » *Philips*. Un jeune *Italien* l'entretient » ici, & vient la voir deux ou trois » fois la ſemaine. Elle le reçoit dans le » petit cabinet du premier étage : on » l'attend demain. Je veux vous faire » voir ce qui ſe paſſe entr'eux, d'une » place qui n'eſt connue que de Madame » *Brown* & moi ».

Le jour ſuivant, *Phébé* ponctuelle à remplir ſa promeſſe, me conduiſit par l'eſcalier dérobé dans un petit réduit obſcur, d'où nous pouvions voir ſans être vues. Les Acteurs parurent bientôt, & après de mutuelles embraſſades de part

& d'autre, le jeune homme ſe déshabilla juſqu'à la chemiſe; *Polly* à ſon exemple en fit autant avec toute la diligence poſſible. Alors, comme s'il eût été jaloux du linge qui la couvroit encore, il la mit en un clin-d'œil toute nue, & expoſa à nos regards les membres les mieux proportionnés & les plus beaux qu'il fut poſſible de voir.

Polly n'avoit pas plus de dix-ſept ans. Les traits de ſon viſage étoient réguliers, délicats & doux; ſa gorge étoit blanche comme la neige, parfaitement ronde, & aſſez ferme pour ſe ſoutenir d'elle-même ſans aucun ſecours artificiel : deux charmans boutons de corail, diſtans l'un de l'autre, en faiſoient remarquer la ſéparation.

On voyoit enſuite un ventre plus poli que l'ivoire, au bas duquel paroiſſoit à peine une petite ouverture, qui ſembloit fuïr par modeſtie, & ſe cachoit entre les plus belles cuiſſes du monde; un jeune

·PL·G· 6.

duvet épais & noir en ombrageoit le délicieux orifice; en un mot, *Polly* étoit un vrai modele de peinture & le triomphe des nudités.

L'Italien ne pouvoit se lasser de la contempler : ses mains, aussi avides que ses yeux, la parcouroient de tous sens. Pendant cet agréable badinage, sa chemise qui haussoit par devant, faisoit juger de la condition des choses qu'on ne voyoit pas ; mais il les montra bientôt dans tout leur brillant, en se dépouillant à son tour du linge qui les cachoit. Ce jeune étranger pouvoit avoir alors environ vingt-deux ans : il étoit grand, bien fait, taillé en *Hercule*, & sans être beau, d'une figure fort revenante. Son joyeux instrument sortoit avec pompe d'un taillis épais & frisé; sa roideur & sa grosseur extrême me firent frissonner de crainte pour la tendre petite partie qui alloit souffrir ses brusques assauts; car il avoit déja jeté la victime sur le lit, &

l'avoit placée de façon que je voyois tout à mon aiſe. Ses cuiſſes bien écartées découvroient à mes yeux le centre délectable des plaiſirs, dont les levres vermeilles formoient une eſpece de lozange en miniature, que le coloris de *Rubens* n'auroit pu imiter.

Alors *Phébé* me pouſſa doucement, & me demanda ſi je croyois l'avoir plus petit? Mais j'étois trop attentive à ce que je voyois pour être capable de lui répondre. Le Gars en ce moment approchant du but, ſon fier brandon ne menaçoit pas moins que de fendre la charmante enfant, qui lui ſourioit & ſembloit défier ſa vigueur. Il le guida lui-même, en ſéparant du bout des doigts les levres délicates de cette jolie fente, & après quelques coups auxquels la combattante ripoſtoit, l'ayant introduit à moitié, il le retira pour le mouiller. Enfin, il l'introduiſit de nouveau, & le plongea juſqu'à la garde. L'aimable *Polly* laiſſa échapper, en cet inſtant, un profond ſoupir, qui n'étoit rien moins qu'occaſionné par la douleur. Le héros pouſſe, elle répond en cadence à ſes mouvemens; mais bientôt leurs tranſports réciproques augmentent à un tel degré de violence, qu'ils n'obſervent plus aucune meſure. Leurs ſecouſſes étoient trop rapides & trop vives, leurs baiſers trop ardens pour que la nature y pût ſuffire : ils étoient confondus, anéantis l'un dans l'autre. « Ah ! ah ! .... je n'y ſaurois tenir .... » c'en eſt trop .... j'évanouis .... j'ex- » pire .... je meurs ». C'étoient les expreſſions entrecoupées qu'ils lâchoient mutuellement dans cette douce agonie. Le champion, en un mot, faiſant ſes derniers efforts, annonça par une langueur ſubite répandue dans tous ſes membres, qu'il touchoit au plus délicieux moment. La tendre *Polly* annonça qu'elle y touchoit auſſi, en jetant ſes bras avec fureur, & perdant l'uſage de ſes ſens dans l'excès du plaiſir.

Quand il ſe fut retiré, elle reſta quelques inſtans encore ſans mouvement, les cuiſſes toujours écartées, au moyen de quoi il étoit aiſé de diſcerner une eſpece d'écume blanche ſur le bord des levres de cette récente bleſſure, dont le dedans le diſputoit, pour la couleur, au plus beau carmin. Elle ſortit, à la fin, de ſon évanouiſſement, & ſautant au cou de ſon ami, il parut, par les nouvelles careſſes que la friponne lui prodigua, que l'eſſai qu'elle venoit de faire de ſa vigueur, ne lui avoit point déplu.

Je n'entreprendrai pas de décrire ce que je ſentis pendant cette ſcene; mais il ſuffit que tu ſaches que je fus guérie de toutes mes frayeurs, & que j'étois ſi preſſée de mes beſoins, que j'aurois tiré par la manche le premier homme qui ſe ſeroit préſenté, pour le ſupplier de me débarraſſer de ce poids, qui m'étoit déſormais inſupportable.

Phébé, quoique plus accoutumée que

uel.
, les
de
pece
vres
dans
beau
eva
fon
effes
effai
ur,

ce
nais
érie
s fi
tiré
i fe
me
dé-

pue

·PL·H· 7.

moi à de ſemblables fêtes, ne put être témoin de celle-ci ſans être émue. Elle me tira doucement de ma place d'obſervation, & me conduiſit du côté de la porte. Là, faute de chaiſe & de lit, elle m'adoſſa contre le mur, & m'ayant levé les jupes, la luxurieuſe me mania cette partie où je ſentois de ſi vives irritations. Le bout de ſon doigt fit un effet auſſi prompt que le feu ſur la poudre. Je lui laiſſai dans la main une preuve de la force dont ce touchant ſpectacle m'avoit affectée. Alors ſatisfaite par le ſoulagement que je venois de recevoir, nous revinmes à notre poſte.

L'Italien étoit aſſis ſur le lit vis-à-vis de nous ; *Polly* aſſiſe ſur un de ſes genoux, le tenoit embraſſé : leurs langues enflammées, collées l'une contre l'autre, ſembloient vouloir pomper le plaiſir dans ſa ſource la plus pure.

Pendant ce tendre badinage, Meſſire Jeanchouart avoit repris une nouvelle vie.

Tantôt la folâtre *Polly* le pelotoit, le secouoit comme font les petits enfans leurs hochets; tantôt elle le pressoit & le serroit entre ses cuisses; quelquefois elle le plaçoit entre ses charmans tetons comme un gros bouton de rose. Le jeune homme, de son côté, après avoir épuisé, en la caressant, toutes les ressources de la luxure, se jeta tout-à-coup à la renverse, & la tira sur lui. La friponne empoigne le dard avec un courage héroïque, & se l'enfonce jusqu'à l'extrêmité. Elle demeura ainsi quelques instans, jouissant de son attitude, tandis que le paillard s'amusoit à lui claquer légérement les fesses. Mais bientôt l'éguillon du plaisir les embrasant de nouveau, ce ne fut plus qu'une confusion de soupirs & de mots mal articulés. Il la serre étroitement dans ses bras, elle le presse dans les siens, la respiration leur manque, & ils restent tous deux, sans donner aucun signe de vie, plongés & absorbés dans la plus délicieuse extase.

J'avoue

Pl. I. 8.

J'avoue qu'il ne me fut pas poſſible d'en voir davantage : cette derniere ſcene m'avoit tellement miſe hors de moi-même, que j'en étois devenue furieuſe. Je ſaiſis *Phébé*, comme ſi elle avoit eu de quoi me ſatisfaire. Elle eut pitié de moi, & me faiſant ſigne de la ſuivre, nous nous retirâmes dans notre chambre. La premiere choſe que je fis, fut de me jetter ſur le lit : ma compagne s'y étant miſe auſſi, me demanda ſi je me ſentois maintenant l'humeur guerriere, ayant eu le tems de reconnoître l'ennemi? Je ne lui répondis qu'en ſoupirant. Elle me prit alors la main, & la conduiſit ſous ſa chemiſe à l'endroit où j'aurois voulu rencontrer le véritable objet de mes deſirs ; mais ne trouvant qu'un terrein plat & creux, je me ſerois retirée bruſquement, ſi je n'avois pas craint de la déſobliger. Je me prêtai donc à ſon caprice, & lui laiſſai faire de mes doigts ce qu'il lui plut. Quant à moi, je languiſſois déſormais pour quelque chose de plus solide, & n'étois pas d'humeur à me contenter de ces amusemens insipides, si Madame *Brown* n'y pourvoyoit bientôt. Je sentois même qu'il me seroit bien difficile de différer jusqu'à l'arrivée de Mylord *B*... quoiqu'on l'attendît incessamment. Par bonheur je n'eus pas besoin ni de lui ni de ses présens ; l'amour, lorsque je l'espérois le moins, disposa de mon sort.

Deux jours après l'aventure du cabinet, m'étant levée, par hazard, plus matin qu'à l'ordinaire, & tout le monde dormant encore, je descendis pour prendre le frais dans un petit jardin, dont l'entrée m'étoit interdite quand il y avoit des chalands au logis. Je fus extrêmement surprise, en voulant traverser une salle, de voir un jeune homme qui dormoit profondement dans un fauteuil. Je m'approchai par un mouvement naturel aux femmes, pour voir sa physionomie. Mais, ô ciel ! quel spectacle ! il n'est

·PL·K· 9.

pas poſſible d'exprimer l'impreſſion ſubite que fit ſur moi cette charmante vue. Non, cher & doux objet de mes tendres inclinations, je n'oublierai jamais cet inſtant fortuné où mes yeux émerveillés t'adorerent pour la premiere fois.... il me ſemble que je te revois encore dans la même attitude.

Figure-toi, ma bonne amie, un garçon de dix-huit à dix-neuf ans, fait au moule, & beau comme les Anges, ou plutôt rappelle-toi toutes les graces du fils de *Vénus*, & l'état raviſſant où la tendre *Pſiché* le ſurprit lorſqu'elle le trouva endormi. Le cœur me battoit; je tremblois de tous mes membres; dans la perplexité où j'étois, je ne ſavois quel parti prendre; je n'aurois pas voulu, pour tous les biens du monde, laiſſer échapper l'occaſion de lui parler, & cependant je n'oſois tenter l'aventure, tant j'étois retenue par la crainte. Enfin, mon amour m'enhardit; je lui pris doucement la main & l'éveillai. Il parut d'abord étonné & comme fâché que j'eusse interrompu son sommeil : mais après m'avoir considérée, il me demanda quelle heure il étoit ? Je le lui dis, & j'ajoutai que je craignois qu'il ne s'enrhumât en restant ainsi exposé à l'air. Il me remercia, avec une douceur qui répondoit admirablement à celle de ses yeux. Il ne doutoit pas que je ne fusse une des pensionnaires du Bercail, & que je ne vinsse pour lui offrir mes services. Néanmoins, soit qu'il craignît de m'offenser, soit que sa politesse naturelle le retint dans les bornes de l'honnêteté, il me parla le plus civilement du monde, & me donnant un baiser, il me dit que si je voulois passer une heure avec lui, je n'aurois pas lieu de m'en repentir. Quoique mon amour naissant m'y invitât, la crainte d'être surprise par les gens de la maison me retenoit.

Je lui dis que, pour des motifs que je n'avois pas le loisir de lui expliquer, je ne pouvois reſter plus long-tems en ſa compagnie, & que, peut-être, je ne le reverrois de mes jours ; ce que je ne pus proférer ſans laiſſer échapper un ſoupir du fond du cœur. Cet aimable garçon, qui, à ce qu'il m'a avoué depuis, n'avoit pas moins été frappé de ma figure que moi de la ſienne, me demanda précipitamment ſi je voulois qu'il m'entretînt, ajoutant qu'il me mettroit en chambre ſur le champ, & payeroit ce que je devois dans la maiſon. Quelque folie qu'il y eût à accepter une pareille offre de la part d'un inconnu, qui étoit trop jeune pour qu'on pût, avec prudence, ſe fier à ſes promeſſes, le violent amour, dont je me ſentois épriſe pour lui, ne me laiſſa point le tems de délibérer. Je lui répondis toute tremblante, que je me jettois entre ſes bras, & m'abandonnois aveuglément à lui, ſoit qu'il fût ſincere ou non. Il y avoit déja quelque tems, que, pour ne pas courir les mauvais hazards de la ville, il cherchoit une fille qui lui convînt : ma bonne fortune voulut qu'il me trouva à son gré, & que nous fissions immédiatement le marché.

Notre petit plan fut que je m'échapperois le jour suivant vers les sept heures du matin, & qu'il m'attendroit dans un carrosse au bout de la rue. Je lui recommandai de ne pas donner à connoître qu'il m'eût vue, pour des raisons que je lui dirois à loisir. Ensuite, de peur de faire échouer notre projet par indiscrétion, je m'arrachai de sa présence, & remontai, sans bruit, à ma chambre. *Phébé* dormoit encore : je me déshabillai promptement, & me remis au lit, le cœur mêlé de joie & d'inquiétude.

Cependant le seul espoir de satisfaire ma flamme dissipa petit à petit toutes mes craintes. Mon ame étoit tellement occupée de cet adorable objet, que j'aurois versé tout mon sang pour le voir, & jouir de lui un instant. Il pouvoit faire de moi ce qu'il vouloit ; ma vie étoit à lui ; je me ſerois crue trop heureuſe de mourir d'une main ſi chere.

Je paſſai dans de ſemblables réflexions ce jour-là, qui me parut une éternité. Combien de fois ne me prit-il pas envie d'avancer la pendule, comme ſi ma main eût pu hâter le tems ? Je ſuis ſurpriſe que les gens de la maiſon ne remarquerent pas alors quelque choſe d'extraordinaire en moi, ſur-tout lorſqu'à dîner on vint à parler de cet adorable mortel qui avoit déjeûné au logis. Ah ! s'écrioient mes compagnes, qu'il eſt beau ! qu'il eſt complaiſant, doux & poli ! elles ſe feroient arraché le bonnet & les yeux pour lui. Je laiſſe à penſer ſi de pareils diſcours diminuoient le feu qui me conſumoit. Néanmoins l'agitation où je fus toute la journée, produiſit un bon effet. Je dormis aſſez bien juſqu'à cinq heures du matin ; je me gliſſai incontinent hors du lit, & m'étant habillée en un clin d'œil, j'attendis avec autant d'impatience que de crainte, le moment heureux de ma délivrance. Il arriva enfin, ce délicieux moment. Alors, encouragée par l'amour, je descendis sur la pointe du pied, & gagnai la porte, dont j'avois escamoté la clef à *Phébé*. Dès que je fus dans la rue, je découvris mon Ange tutelaire qui m'attendoit. Voler comme un trait à lui, sauter dans le carrosse, me jetter à son cou, & fouette cocher; tout cela ne fut qu'un.

Un torrent de larmes les plus douces que j'aie versées de ma vie, coula immédiatement de mes yeux. Mon cœur étoit à peine capable de contenir la joie que je ressentois de me voir entre les bras d'un si beau garçon. Il me juroit, chemin faisant, dans les termes les plus passionnés, qu'il ne me donneroit jamais sujet de regretter la démarche où il m'avoit embarquée. Mais, hélas! quel mérite y avoit-il dans cette démarche?

·PL·L· 10

n'étoit-ce pas mon penchant qui me l'avoit fait faire ?

En quelques minutes (car alors les heures n'étoient plus rien pour moi) nous defcendîmes à *Chelfea*, dans une fameufe taverne réputée pour les parties fines. Nous y déjeunâmes avec le maître de la maifon, qui étoit un réjoui du vieux tems, & parfaitement au fait du négoce. Il nous dit d'un ton gai, & en me regardant malicieufement, qu'il nous fouhaitoit une fatisfaction entiere ; que fur fa foi, nous étions bien appariés ; que grand nombre de Meffieurs & Dames fréquentoient fa maifon ; mais qu'il n'avoit jamais vu un plus beau couple ; qu'il jureroit bien que j'étois du fruit nouveau ; que je paroiffois fi fraîche, fi innocente, & qu'en un mot mon compagnon étoit un heureux mortel. Ces éloges, quoique groffiers, me plurent infiniment, & contribuerent à diffiper la crainte que j'avois de me trouver feule à la diſcrétion de mon nouveau Souverain ; crainte où l'amour avoit plus de part que la pudeur. Je ſouhaitois, je brûlois d'impatience de me trouver ſeule avec lui, je ſerois morte pour lui plaire, & pourtant je ne ſais comment, ni pourquoi, je craignois le point capital de mes plus ardens deſirs. Ce conflit de paſſions différentes, ce combat entre l'amour & la modeſtie, me firent pleurer de nouveau. Dieux, que de pareilles ſituations ſont intéreſſantes pour de vrais amans !

Après le déjeuné, *Charles*, (c'étoit le nom du précieux objet de mes adorations,) avec un ſouris myſtérieux, me prit par la main, & me dit qu'il me vouloit montrer une chambre, d'où l'on découvroit la plus belle vue du monde. Je me laiſſai conduire dans un appartement, dont le premier meuble qui me frappa, fut un lit qu'il ſembloit qu'on eût garni pour une Reine.

Charles ayant fermé la porte au verrouil, me prit entre ſes bras, &, la bouche collée ſur la mienne, m'étendit, toute tremblante de deſirs & d'effroi, ſur cette pompeuſe couche. Son ardeur impatiente ne lui permit pas de me déshabiller : il ſe contenta de me délacer & de m'ôter mon mouchoir.

Alors ma gorge nue, qu'une reſpiration embarraſſée & mes ſoupirs brûlans faiſoient lever, offrit à ſes yeux deux tetons tels qu'on ſe les peut figurer chez une fille de ſeize ans, nouvellement arrivée de la campagne, & qui n'avoit jamais connu d'homme. Leur rondeur parfaite, leur blancheur, leur fermeté n'étant pas capables de fixer ſes mains, il les porta tout-à-coup ſous mes jupes, & découvrit le centre d'attraction. Cependant je ſerrai machinalement les cuiſſes; mais le fripon ayant inſinué doucement ſes doigts entre deux, je les ouvris ſans réſiſtance, & le laiſſai maître du champ de bataille. Comme je n'avois pas fait, en cette conjoncture, toutes les façons qu'exige la bienséance, il s'imagina que je n'étois rien moins que novice, & que je ne possédois plus ce frivole joyau, que les hommes ont la folie de rechercher avec tant d'ardeur. Néanmoins cette idée désavantageuse ne rallentit point son empressement; il tira son priape, & le poussa de toutes ses forces, croyant le lancer dans une voie déja frayée. Alors je sentis pour la premiere fois, le frottement de cette noble machine. Mais quelle fut sa surprise, quand, après maintes vigoureuses attaques, qui me causerent une douleur des plus aiguës, il vit qu'il ne faisoit pas le moindre progrès! « Ah! (lui disois-» je tendrement,) je ne le puis souf-» frir.... Non, en vérité, je ne le puis.... » Il me blesse.... Il me tue." *Charles* ne crut autre chose, sinon qu'il l'avoit trop gros, & moi trop petit; car il ne pouvoit pas se persuader que je fusse encore pucelle.

Pl. III. 11

Il fit inutilement une seconde tentative, qui me causa plus d'angoisses qu'auparavant : mais, de peur de lui déplaire, j'étouffois mes plaintes de mon mieux. Enfin, ayant essayé plusieurs semblables assauts sans succès, il s'étendit à côté de moi hors d'haleine, & séchant mes larmes par mille baisers humides & brûlans, il me demanda avec tendresse, si je ne l'avois pas mieux souffert des autres que de lui ? Je lui répondis d'un ton de simplicité persuasif, qu'il étoit le premier homme que j'eusse jamais connu. *Charles*, déja disposé à me croire par ce qu'il venoit d'éprouver, me mange de caresses, me supplie, au nom de l'amour, d'avoir un peu de patience, & m'assure qu'il fera tout son possible pour ne me point faire de mal.

Hélas ! c'étoit assez que je sûsse lui faire plaisir pour consentir à tout avec joie, quelque douleur que je prévisse qu'il me fit souffrir.

Il revint donc à la charge ; mais avant, il mit une couple d'oreillers ſous mes reins, pour donner plus d'élévation au but où il vouloit frapper. Enſuite me hauſſant les cuiſſes ſur ſes hanches, il marque du doigt ſa viſée ; & s'élançant tout-à-coup avec furie, la prodigieuſe roideur de ſon membre briſe l'union de cette tendre partie, & pénétre juſtement à l'entrée des levres. Alors, s'appercevant du petit progrès qu'il vient de faire, il reprend courage, & précipitant ſes coups en direction, il force le détroit : ce qui me cauſa une douleur ſi cuiſante, que j'aurois crié au meurtre, ſi je n'avois appréhendé de le fâcher. Je retins mon haleine, & ſerrant mes jupes entre mes dents, je les mordois pour faire diverſion au mal que je ſouffrois. A la fin les barrieres délicates de ce charmant ſentier ayant cédé à de ſi violens efforts, il pénétra plus avant. Le cruel, en cet inſtant, ne ſe poſſédant plus, ſe précipite avec rage, il déchire, il briſe tout ce qui ſe rencontre, & couvert & fumant du ſang de ſa victime, il parvient au bout de ſa carriere. J'avoue qu'aux dernieres ſecouſſes la force me manqua : je criai comme ſi l'on m'eût égorgée, & perdis entierement connoiſſance.

Quelques momens après, quand j'eus repris mes ſens, je me trouvai au lit toute nue entre les bras de mon adorable meurtrier. Je le regardai languiſſamment, & lui demandai, par maniere de reproche, ſi c'étoit-là la récompenſe de mon amour ? *Charles*, à qui j'étois devenue plus chere par le triomphe qu'il venoit de remporter, me dit des choſes ſi touchantes, que le plaiſir de voir, & de penſer que je lui appartenois, effaça, dans la minute, juſqu'au moindre ſouvenir de mes ſouffrances.

L'accablement où je me trouvois, ne me permettant pas de me lever, nous dinâmes au lit. Néanmoins une aîle de poulet, que je mangeai d'aſſez bon appétit, & deux ou trois verres de vin me remirent en état de ſupporter une nouvelle épreuve. Mon amant ne tarda pas à s'en appercevoir, par les tranſports & la tendre fureur avec leſquels je me livrai à ſes embraſſemens. Il inſinua ſes cuiſſes entre les miennes, & s'élançant de nouveau, il élargit, perça la voie, non ſans me faire encore beaucoup ſouffrir; mais j'étouffai mes cris, & ſupportai l'opération en véritable héroïne. Cependant, quelques ſoupirs languiſſans qui lui échapperent, un doux friſſon qui lui prit, m'annoncerent qu'il touchoit au ſouverain plaiſir, que la douleur, toujours trop cuiſante, m'empêchoit de partager.

Ce ne fut qu'après quelques aſſauts de plus, que je ſentis pleinement l'éjaculation délicieuſe & balſamique, qui me fit paſſer par l'excès des douleurs au comble de la félicité. Je commençai alors à

partager

·PL·II· 12.

partager ces plaiſirs ſuprêmes, à goûter ces tranſports délicieux, ces ſenſations trop vives, & trop ardentes, pour qu'on puiſſe y réſiſter long-tems. Heureuſement la nature a pourvu, par ces diſſolutions momentanées, à ce délire & à ce tremblement univerſel qui précédent & accompagnent le plaiſir, & l'épanchement de la liqueur divine, moment, où, comme le dit très-bien certain Philoſophe, l'on exiſte trop pour craindre de ceſſer d'être.

C'eſt dans de pareils paſſe-tems que nous gagnâmes l'heure du ſouper. Nous mangeâmes à proportion du fatiguant exercice que nous avions. Pour moi, j'étois ſi tranſportée de joie, en comparant mon bonheur actuel avec l'inſipide genre de vie que j'avois mené ci-devant, que je n'aurois pas cru l'avoir acheté trop cher, quand ſa durée n'eût été que d'un moment. La jouiſſance préſente étoit tout ce qui rempliſſoit ma petite cervelle. Enfin, la nature, qui avoit beſoin de réparation, nous ayant invités au repos, nous nous endormîmes. Mon ſommeil fut d'autant plus délectable, que je le paſſai dans les bras de mon amant.

Quoique je ne m'éveillâſſe le lendemain que fort tard, *Charles* dormoit encore profondément. Je me levai le plus doucement que je pus, & me rajuſtai de mon mieux. Ma toilette achevée, je m'aſſis au bord du lit pour me repaître du plaiſir de contempler mon *Adonis*. Il avoit ſa chemiſe roulée juſqu'au cou; mes deux yeux & ceux d'*Argus* n'auroient pas été trop pour jouir pleinement d'une vue ſi raviſſante. Je ne ſaurois croire que l'*Apollon* du *Vatican*, ſi vanté par les connoiſſeurs, fut mieux proportionné, ni plus beau. Quand, après l'avoir regardé en gros, je voulus le détailler, mes regards ſe fixerent principalement ſur ce terrible membre, qui, peu de tems auparavant, m'avoit cauſé tant de douleur. Mais qu'il étoit mécon-

·PL·O·

noiſſable alors ! il repoſoit languiſſamment ſur une de ſes cuiſſes, la tête retirée dans ſon beguin, & paroiſſant incapable des cruautés qu'il avoit commiſes. Néanmoins, tout différent que je le trouvois de l'état pompeux où je l'avois vu, il m'enflamma l'imagination à tel degré, que je ne pus m'abſtenir de porter la main ſous ma chemiſe, & de conſidérer la différence qu'il y a entre la pucelle & la femme.

Tandis que j'étois occupée à cet intéreſſant examen, *Charles* s'éveilla, & ſe tournant vers moi, me demanda, avec douceur, comment j'avois repoſé; &, ſans attendre ma réponſe, m'imprima ſur la bouche un baiſer tout de feu. Incontinent après il me trouſſa juſqu'à la ceinture, pour ſe récréer, à ſon tour, du ſpectacle de mes charmes nuds, & ſe donner la ſatisfaction d'examiner le dégât qu'il avoit fait. Ses yeux & ſes mains ſe délectoient à l'envi. De tendres exclamations, ſans ceſſe interrompues par ſes ſoupirs, faiſoient mieux l'éloge de ce qu'il voyoit, que tout ce qu'il eût pu dire de plus éloquent. Cependant, ſa machine, levant fierement la tête, reparut dans tout ſon éclat. Il la conſidere un inſtant avec complaiſance; enſuite il veut me la mettre en main; d'abord un reſte de honte me fit faire quelque difficulté de la prendre; mais mon inclination étant plus forte, je l'empoignai en rougiſſant, & ma hardieſſe augmentant à proportion du plaiſir que je reſſentois, je la maniai, & toutes ſes dépendances avec une avidité extrême. Imaginez-vous une colonne de l'ivoire la plus blanche, parſemée de veines bleuâtres, qui ſoutenoient une tête nue du plus beau vermillon, & dont le marbre n'égaloit point la dureté & la rondeur, quoique la douceur de la peau fut égale à celle du velours. Au bas de cette piece charmante pendoit cette bourſe admirable, dans laquelle la nature ſemble avoir renfermé le bonheur des mortels. Je portai auſſi la main à ce tréſor, en écartant doucement le poil qui l'ombrageoit ; & je ſentis, au travers d'une peau ſouple & diaphane, ces deux globes précieux, qui ſembloient s'entrebaiſer, & dont j'avois éprouvé, un moment auparavant, les délicieuſes ſecouſſes. La douce chaleur de ma main rendit bientôt mon amant intraitable; il me retira d'entre les doigts ce précieux joyau, & le plongea de nouveau dans ma bleſſure, alors ouverte pour la vie. Je n'y ſentis preſque plus de douleur. Toutes les membranes, que la violence de ſes aſſauts avoient dilatées, obéiſſantes & ſouples maintenant, ne ſembloient ſe reſſerrer que pour donner du plaiſir & en recevoir.

S'il eſt vrai que l'on meurt quelquefois de joie, c'eſt un miracle que je ne ſois point expirée dans de ſi délicieuſes agonies.

L'excès de la jouiſſance ayant à la fin calmé nos tranſports, nous nous mîmes à parler d'affaires. *Charles* m'avoua naïvement qu'il étoit né d'un pere indigent, de qui il n'avoit eu qu'une bien médiocre éducation. Le pauvre enfant étoit parvenu jusqu'à l'âge de raiſon dans une ſi parfaite indolence, qu'il n'avoit jamais eu la penſée de prendre aucun parti. Sa grand'mere, du côté maternel, l'entretenoit dans cette vie oiſive, par une complaiſance aveugle pour ſes fantaiſies. La bonne femme jouiſſant d'un revenu aſſez conſidérable en viager, fourniſſoit amplement à ſes beſoins; moyennant quoi il ſe trouvoit en état de ſupporter les dépenſes d'une maîtreſſe. Le pere, qui avoit des paſſions que la médiocrité de ſa fortune l'empêchoit de ſatisfaire, étoit ſi jaloux du bien que cette tendre parente faiſoit à ſon fils, qu'il réſolut de s'en venger, & n'y réuſſit que trop, comme tu le verras bientôt.

Cependant *Charles*, qui vouloit ſérieu-

·PL·P· 14

ſement vivre avec moi ſans trouble, me quitta l'après-dîner pour aller concerter, avec un Avocat de ſa connoiſſance, des moyens d'empêcher Madame *Brown* de nous inquiéter. Sur le récit qu'il lui fit de la maniere dont elle m'avoit ſéduite, le Juriſconſulte trouva que loin de chercher à s'accommoder, il falloit en exiger ſatisfaction. La choſe ainſi arrêtée, ils ſe tranſporterent chez cette mere Abbeſſe. Les filles de la maiſon, qui connoiſſoient *Charles*, & croyoient qu'il leur amenoit quelqu'un à plumer, le reçurent avec toutes les démonſtrations de civilité requiſes en pareil cas; mais elles changerent bientôt de ton, lorſque l'Avocat, prenant un air auſtere, déclara qu'il vouloit parler à la vieille, avec laquelle il diſoit avoir une affaire à régler.

Suivant ſa requête, Madame parut, & les Demoiſelles ſe retirerent. Auſſitôt l'homme de loi lui demanda ſi elle n'avoit pas connu, ou, pour mieux dire, trompé une jeune fille, nommée *Fanni Hill*, fous prétexte de la louer en qualité de fervante ? La *Brown*, dont la confcience n'étoit pas des plus nettes, fut effrayée à cette queftion inattendue, & fur-tout quand les termes de prifon, de pilori & de fouet frapperent fon oreille. Enfin, pour abréger l'hiftoire, elle crut en être quitte à bon marché, de leur remettre en main ma boîte & mes petits effets.

Charles, enchanté d'avoir terminé fi heureufement ce procès, revint entre mes bras, recevoir la récompenfe des peines qu'il s'étoit données. Nous paffâmes encore la nuit à *Chelfea*, & le lendemain il me mena dans un appartement garni, rue *St. James*. La maîtreffe du logis, Madame *Jones*, nous y reçut, & avec une volubilité de langue étonnante, nous en expliqua toutes les commodités. Elle nous dit que la fervante nous ferviroit avec zele.... Que les gens de la premiere qualité avoient logé chez elle.... Qu'un Sécretaire d'Ambaſſade & ſa femme occupoient le premier.... Que je paroiſſois une Dame bien aimable.... *Charles* avoit eu la précaution de dire, à cette babillarde, que nous étions mariés ſecrétement ; ce qui, je crois, ne l'inquiétoit guere, pourvu qu'elle louât ſes chambres.

Pour te donner une légere eſquiſſe de ſon portrait, c'étoit une femme d'environ quarante-ſix ans, grande, maigre, rouſſe, & de ces figures triviales que l'on rencontre par-tout. Elle avoit été entretenue dans ſa jeuneſſe par un Gentilhomme, qui, à ſa mort, lui avoit laiſſé cinquante livres ſterling de rente en faveur d'une fille qu'il en avoit eue, & qu'elle avoit vendue à l'âge de dix-ſept ans. Indifférente naturellement à tout autre plaiſir qu'à celui de groſſir ſon fonds à quelque prix que ce fût, elle s'étoit jettée dans les affaires privées ; en quoi, grace à ſon extérieur modeſte & décent, elle avoit ſouvent fait d'excellens hazards. En un mot, pour de l'argent elle étoit ce qu'on vouloit, prêteuſe ſur gage receleuſe, entremetteuſe. Quoique la vieille gaupe eût dans les fonds une groſſe ſomme, elle ſe refuſoit le néceſſaire, & ne ſubſiſtoit que de ce qu'elle écornifloit à ſes logeurs.

Pendant que nous fûmes ſous les griffes de cette harpie, elle ne laiſſa pas échapper une ſeule petite occaſion de nous tondre ; ce que *Charles*, par ſon indolence naturelle, aima mieux ſouffrir, que de prendre la peine de déloger.

Quoi qu'il en ſoit, je paſſai dans cette maiſon les plus délicieux momens de ma vie : j'étois avec mon bien-aimé : je trouvois en ſa compagnie tout ce que mon cœur pouvoit ſouhaiter. Il me menoit à la Comédie, au Bal, à l'Opéra; mais dans ces brillantes & tumultueuſes aſſemblées, je ne voyois que lui. Il étoit mon univers, & tout ce qui n'étoit pas lui, n'étoit rien pour moi.

Lorſque nous donnions quelque relâche à la vivacité de nos plaiſirs, *Charles* s'en faiſoit un de m'inſtruire ſelon l'étendue de ſes connoiſſances. Je recevois comme des oracles toutes les paroles qui ſortoient de ſon adorable bouche, & j'en gravois dans mon cœur juſqu'aux moindres ſyllabes.

Je peux dire ſans vanité que ſes ſoins ne furent pas infructueux. Je perdis en moins de rien mon air campagnard & mon mauvais accent ; tant il eſt vrai qu'il n'eſt pas de meilleur maître que l'amour & le deſir de plaire.

Comme je ne ſortois jamais ſans mon amant, & que je reſtois le plus ſouvent au logis, la *Jones* me faiſoit de fréquentes viſites. La pénétrante commere ne fut pas long-tems à découvrir que nous avions fruſtré l'Egliſe de ſes droits, ce qui ne lui déplut pas, eu égard aux deſſeins qu'elle avoit ſur moi : infâmes deſſeins, hélas ! qu'elle ne trouva que trop tôt occaſion d'exécuter.

Je vivois depuis onze mois avec cette chere idole de mon ame, & j'étois groſſe de trois, lorſque le coup funeſte & inattendu de notre ſéparation arriva. Je paſſerai rapidement ſur ces particularités, dont le ſeul ſouvenir me fait friſſonner & me glace le ſang.

J'avois déja langui deux jours, ou plutôt une éternité, ſans entendre de ſes nouvelles, moi, qui ne reſpirois, qui n'exiſtois qu'en lui, & qui n'avois jamais paſſé vingt-quatre heures ſans le voir. Le troiſieme jour mon impatience & mes allarmes augmenterent à un tel degré, que je n'y pus tenir plus long-tems. Je me jettai aux genoux de Madame *Jones*, la ſuppliant d'avoir pitié de moi, & de me ſauver la vie, en tâchant au plutôt de découvrir ce qu'étoit devenu celui qui pouvoit ſeul me la conſerver. Elle alla pour cet effet dans une taverne du voiſinage, où il demeuroit, & envoya chercher la ſervante du logis, dont je lui avois donné le nom. Cette fille vint immédiatement, & Madame *Jones* lui ayant demandé ſi *Charles* étoit en ville, elle répondit que ſon pere l'avoit envoyé à la mer du *Sud*, & que le barbare, d'intelligence avec un Capitaine de vaiſſeau, avoit ſi bien concerté ſes meſures, que le pauvre malheureux, étant allé à bord du navire, y avoit été arrêté & gardé comme un criminel, ſans pouvoir écrire à perſonne.

L'artificieuſe *Jones* revint incontinent après me plonger le poignard dans le ſein, en me diſant qu'il étoit parti pour un voyage de quatre ans, & que je ne devois pas m'attendre à le revoir jamais. Avant qu'elle eût proféré ces dernieres paroles, je tombai dans une foibleſſe, ſuivie de convulſions ſi terribles, que je perdis, en me débattant, l'innocent & déplorable gage de notre amour. Je ne conçois pas, quand je me le rappelle, que j'aie pu réſiſter à tant de calamités & de douleurs. Quoiqu'il en ſoit, à force de ſoins on me conſerva une odieuſe vie, qui, à la place de cette félicité inexprimable dont j'avois joui juſqu'alors, ne m'offrit tout-à-coup que des horreurs & de la miſere.

Je reſtai pendant ſix ſemaines appellant en vain la mort à mon ſecours. Ma grande jeuneſſe & mon tempérament robuſte prirent inſenſiblement le deſſus; mais je tombai dans un état de ſtupidité & de déſeſpoir qui faiſoit craindre que je ne devînſſe folle. Néanmoins le tems adoucit, petit à petit, la violence de mes peines & en émouſſa le ſentiment.

Mon obligeante hôteſſe avoit eu ſoin, pendant tout cet intervalle, que je ne manquaſſe de rien; & quand elle me crut

je
&
ne
le,
ités
orce
eufe
cité
ors,
eurs

pel-
Ma
ro-
ius;
dité
que
ens
de
ent,

oin;
ne
crut

·PL·9·

15

dans une condition à pouvoir répondre à ses vues, elle me félicita sur mon heureux rétablissement en ces termes. « Graces à Dieu, Mademoiselle *Fanny*, » votre santé n'est pas mauvaise à présent : vous êtes la maîtresse de rester » chez moi tant qu'il vous plaira : vous » savez que je ne vous ai rien demandé » depuis long-tems; mais franchement, » j'ai une dette à laquelle il faut que je » satisfasse sans différer ». Et après ce bref exorde, elle me présenta un arrêté de compte pour logement, nourriture, apothicaire, &c. somme totale, vingt-trois liv. sterling & six sous; ce que la perfide, qui connoissoit le fond de ma bourse, savoit bien que je ne pouvois pas payer: en même-tems elle me demanda quels arrangemens je voulois prendre? Je lui répondis fondant en larmes, que j'allois vendre le peu de hardes que j'avois, & que si je ne pouvois pas faire toute la somme, j'espérois qu'elle auroit la bonté de me donner du tems. Mais mon malheur favoriſant ſes lâches intentions, elle me répondit froidement, que quoiqu'elle fût touchée juſqu'au fond de l'ame de mon infortune, l'état actuel de ſes affaires la mettroit dans la cruelle néceſſité de m'envoyer en priſon. A ce mot de priſon tout mon ſang ſe glaça, & je fus tellement épouvantée, que je devins auſſi pâle qu'un criminel à la vue du lieu de ſon exécution.

Cette méchante femme, qui craignoit que ma frayeur ne ruinât ſes deſſeins, en me faiſant retomber malade, commença à ſe radoucir, & me dit que ce ſeroit ma propre faute, ſi elle en venoit à de ſemblables extrêmités; mais que l'on pouvoit trouver un honnête homme dans le monde, aſſez généreux pour terminer cette affaire à notre ſatisfaction mutuelle, & qu'il en viendroit un cet après-dîné prendre le thé avec nous, qui ſûrement ſeroit fort aiſe de me rendre ſervice.

A ces mots, je reſtai muette, confondue. Cependant Madame *Jones* ayant ainſi arrangé ſon plan, jugea à propos de me laiſſer quelques momens à mes réflexions. Je demeurai près d'une heure abîmée dans les idées les plus horribles, que la crainte, la triſteſſe & le déſeſpoir puiſſent cauſer. La ſcélerate revint à la charge, & feignant d'être touchée de mes malheurs, elle me dit qu'elle vouloit me préſenter un honorable Gentilhomme, qui, par ſes ſages avis, me fourniroit les moyens de me tirer d'embarras. Après quoi, ſans ſe mettre en peine que je l'approuvaſſe ou non, elle ſort, & rentre immédiatement, ſuivie de cet honorable Monſieur, dont elle avoit été en mainte occurence, comme en celle-ci, l'honorable pourvoyeuſe. Il me fit une profonde révérence, à laquelle je répondis auſſi froidement qu'il eſt naturel de répondre aux civilités de quelqu'un qu'on ne connoît point. Madame *Jones*, prenant ſur elle de faire les honneurs de cette premiere entrevue, lui présenta une chaise, & en prit une pour elle-même; cependant pas un mot ni de part, ni d'autre. Un regard stupide & effaré étoit l'interprête de la surprise où m'avoit jetté cette étrange visite. Ma digne hôtesse enfin, ne voulant pas perdre son tems, rompit le silence. « Allons, » Mademoiselle *Fanny*, (dit-elle, dans » un stile aussi rude que familier & d'un » ton d'autorité,) levez la tête, mon » enfant, ne laissez point détruire un » si joli minois par le chagrin. Au bout » du compte le chagrin ne doit pas être » éternel; allons, un peu de gaieté. » Voici un honnête Monsieur qui a » entendu parler de vos malheurs, & » veut vous faire plaisir. Croyez-moi, » ne refusez pas sa connoissance, & sans » vous piquer d'une délicatesse hors de » saison, faites un bon marché tandis » que vous le pouvez".

Mon inconnu, qui vit aisément qu'une aussi impertinente harangue étoit moins propre à me perſuader qu'à m'irriter ; lui fit ſigne de ſe taire. Alors prenant la parole, il me dit qu'il partageoit bien ſincérement mon affliction ; que ma jeuneſſe & ma beauté méritoient un meilleur ſort ; qu'il reſſentoit depuis long-tems une violente paſſion pour moi ; mais que, connoiſſant mes engagemens ſecrets avec un autre, il les avoit reſpectés aux dépens de ſon repos, juſqu'à ce que la nouvelle de mon déſaſtre, en réveillant ſon reſpectueux amour, l'avoit enhardi à venir m'offrir ſes ſervices, & que la ſeule faveur qu'il exigeât de moi, étoit que je daignaſſe les agréer. Tandis qu'il me parloit ainſi, j'eus le tems de l'examiner. Il me parut un homme d'environ quarante ans, aſſez bien bâti & d'une figure qui n'annonçoit pas une perſonne d'un rang médiocre. Je ne lui répondis qu'en verſant un torrent de larmes, & ce fut un bonheur pour moi que mes ſanglots étouffaſſent ma voix, car je ne ſavois que lui dire.

Quoiqu'il en ſoit, la ſituation attendriſſante où il me vit, le frappa juſques au fond du cœur. Il tira précipitamment ſa bourſe, & paya, ſans différer, tout ce que je devois à Madame *Jones*. Il en prit une quittance en bonne forme, qu'il me força de garder. Cette infâme racoleuſe n'eut pas plutôt touché ſon argent, qu'elle nous laiſſa ſeuls.

Cependant le Cavalier, qui n'étoit rien moins que neuf dans de pareilles affaires, s'approcha d'un air officieux, & du coin de mon mouchoir m'eſſuya les pleurs qui me baignoient le viſage; après quoi il s'aventura de me donner un baiſer. Je n'eus pas le courage de faire la moindre réſiſtance, me regardant dès lors comme une marchandiſe qui lui étoit dévolue par le débourſé qu'il venoit de faire. Inſenſiblement il me mania la gorge. Enfin, me trouvant docile au-delà de ſes eſpérances, il fit de moi tout ce qu'il voulut. Quand il eut aſſouvi ſa bru-

·PL.R· 16

talité, ſans nul reſpect pour ma déplorable condition, mes yeux ſe deſſillerent, & je gémis (trop tard, à la vérité) de la honteuſe foibleſſe à laquelle je venois de ſuccomber. Qui m'eût dit quelques inſtans auparavant, que je ſerois infidele à *Charles*, j'aurois été capable de le déviſager. Mais, hélas! notre vertu & notre fragilité ne dépendent que trop ſouvent des circonſtances où nous nous trouvons. Séduite comme je le fus à l'improviſte, trahie par un eſprit accablé ſous le poids de ſes afflictions, ſaiſie des plus grandes frayeurs à l'idée ſeule de priſon, ce ſont des conjonctures bien délicates; & ſans chercher à m'excuſer, il n'en eſt guere qui pût répondre de ne pas commettre la même faute dans un cas pareil. Au reſte, comme il n'y a que le premier pas qui coûte, je crus que je n'étois plus en droit de refuſer ſes careſſes après ce qui s'étoit paſſé. Suivant cette réflexion, je me regardai comme lui appartenant. Néanmoins il eut la complaiſance de ne pas tenter ſitôt la répétition d'une ſcène à laquelle je ne m'étois prêtée que machinalement & par un ſentiment de gratitude. Content de s'être aſſuré ma jouiſſance, il voulut déſormais s'en rendre digne par ſes bons procédés, & ne devoir rien à la violence.

La ſoirée étant déja avancée, on vint mettre le couvert, & j'appris avec joie, que la *Jones*, dont l'aſpect m'étoit devenu inſupportable, ne ſeroit pas des nôtres.

Pendant le ſouper, mon nouveau maître, après avoir employé les diſcours les plus perſuaſifs que la tendreſſe puiſſe ſuggérer pour adoucir mes ennuis, me dit qu'il s'appelloit *H*.... frere du Comte de *L*...., que mon hôteſſe l'avoit engagé à me voir, & que m'ayant trouvée extrêmement aimable, il l'avoit priée de lui procurer ma connoiſſance; qu'en un mot, il s'eſtimoit trop heureux que la choſe eût réuſſi ſelon ſes deſirs, & qu'il me proteſtoit que je n'aurois jamais ſujet de me repentir des complaiſances que j'aurois pour lui.

Pendant qu'il me parloit ainſi, j'avois mangé deux aîles de perdrix & bu trois ou quatre verres de vin. Mais, ſoit qu'on y eût mêlé quelque drogue, ou que ſa vertu reſtaurative eût naturellement opéré ſur mes ſens, je me trouvai plus à mon aiſe, & je commençai à ne plus regarder Monſieur *H*.... avec tant de froideur, quoique tout autre en ſa place, dans de ſemblables circonſtances, eût été le même pour moi.

Les afflictions ici bas ont leurs bornes, & ne ſauroient être éternelles. Mon cœur accablé juſqu'alors ſous le poids des chagrins, ſe dilata par degré, & s'ouvrit à un foible rayon de contentement. Je répandis quelques larmes, elles me ſoulagerent; je ſoupirai, mes ſoupirs me rendirent la reſpiration plus libre; je pris, ſans être gaie, un air ſerein, une contenance plus aisée & moins sérieuse. Monsieur *H....* étoit trop expert pour ne pas profiter de cet heureux changement. Il recula adroitement la table, & approchant sa chaise de la mienne, il m'imprima vingt baisers sur la bouche & sur la gorge. Je fis si peu de résistance, qu'il crut pouvoir tenter davantage. Le téméraire en effet, glissant avec dextérité une de ses mains sous mes jupes jusqu'au dessus de la jarretiere, essaya de regagner le poste qu'il avoit surpris peu de tems auparavant. Alors je serrai les cuisses, & lui dis d'un ton languissant, que je ne me trouvois pas bien, que je le suppliois de me laisser. Comme il vit à merveilles qu'il y avoit dans ma priere plus de grimace & de cérémonie que de sincérité, il consentit à en rester là, mais à condition que je me mettrois au lit sur le champ, ajoutant qu'il sortoit pour une demi-heure, & qu'il osoit espérer qu'à son retour je serois plus traitable. Quoique je ne répondisse rien,

fé-
ert
an-
le,
ne,
che
fif-
an-
vec
ju-
aya
ris
rai
uif-
en,
me
ma
nie
ter
ois
or-
foit
lus
en,

Pl. 5. 17

l'air dont je reçus ſa propoſition lui fit connoître, que je ne me croyois plus aſſez ma maîtreſſe pour refuſer de lui obéïr.

Un inſtant après qu'il m'eût quittée, la ſervante m'apporta un conſommé des plus ſucculens. Je l'eus à peine avalé, qu'un feu ſubtil ſe gliſſa dans mes veines; je brûlois & me ſentois conſumée dans mes draps comme le grand *Alcide* dans la chemiſe de *Neſſus*.

La fille n'étoit pas encore au bas de l'eſcalier, que Monſieur *H....* rentra en robe de chambre & en bonnet de nuit, armé de deux bougies. Il ferma la porte au verrouil. Quoique je m'attendiſſe bien à le revoir, ſa rentrée me cauſa quelque frayeur. Il s'avance ſur la pointe du pied, tâche de me raſſurer par de douces paroles, & quittant à la hâte ſa robe, il approche du lit, m'enléve en un clin d'œil, & me renverſe nue ſur un tapis placé près du feu. Là, ſur ſes genoux entre mes cuiſſes, il s'occupe quelque tems à parcourir, avec un regard avide, une gorge ferme, élaſtique & que la jouiſſance n'avoit pas encore altérée; de-là paſſant à une taille élégante, à une chute de reins merveilleuſe, à un ventre poli & dur, enfin, à cette fente vermeille, & qui ſemble fuir entre deux cuiſſes arrondies par l'amour, chaque contour étoit baiſé tour à tour, & ouvrant de deux doigts les levres qui fermoient le centre des voluptés, il y fait jouer ſon index officieux, juſqu'à ce que, transporté par une fureur amoureuſe, qui ne lui permit plus de s'amuſer à la ſimple ſpéculation, il me reporte ſur le lit, où ſe plaçant de nouveau entre mes cuiſſes, & levant ſa chemiſe, il me fit voir un corps auſſi velu que celui de *Nabuchodonoſor*, avec une monſtrueuſe cheville, dont il me fit ſentir tout-à-coup le pouvoir, & dont la chaleur reſſuſcitant mes eſprits animaux, me contraignit à goûter des plaiſirs que mon cœur désavouoit. Quelle différence! hélas ! de ces plaisirs purement mécaniques à ceux que produit la jouissance d'un amour mutuel, où l'ame confondue avec les sens, se noie, pour ainsi dire, dans une mer de voluptés ! Cependant Monsieur *H*.... ne cessa de me donner des preuves de son étrange vigueur, qu'à la pointe du jour, où nous nous endormîmes d'un profond sommeil. Vers les onzes heures, Madame *Jones* nous apporta deux excellens potages, que son expérience, en ces sortes d'affaires, lui avoit appris à préparer en perfection. Monsieur *H*.... qui s'étoit apperçu que j'avois changé de couleur à son arrivée, me dit, lorsqu'elle nous eut quittés, que pour me donner une premiere preuve de son tendre attachement, il vouloit me faire changer de maison, & que je ne m'impatientasse pas jusqu'à son retour. Il s'habilla & sortit, après m'avoir remis une bourse de vingt-cinq guinées, en attendant mieux.

Dès qu'il fut dehors, je réfléchis fur ma condition actuelle, & fentis la conféquence du premier pas que l'on fait dans le chemin du vice; car mon amour pour *Charles* ne m'avoit jamais paru criminel. Je me regardai comme quelqu'un qui eft entraîné par un torrent fans pouvoir regagner le rivage. Le fentiment effroyable de la mifere, la gratitude, le profit réel que je trouvois dans cette nouvelle connoiffance, avoient, en quelque maniere, interrompu mes chagrins, & fi mon cœur n'eût point été engagé, Monfieur *H*.... l'auroit vraifemblablement poffédé tout entier; mais la place étant occupée, il ne devoit la jouiffance de mes charmes qu'aux triftes conjonctures où le fort m'avoit réduite. Il revint à fix heures me prendre pour me conduire dans un nouveau logis, chez un homme qui lui étoit affidé. Je fus inftallée dans un appartement à deux guinées par femaine, avec une fille pour me fervir.

Mr. *H....* reſta encore tout le ſoir avec moi; on nous apporta, d'une taverne voiſine, un ſouper ſucculent, & quand nous eûmes mangé, la fille me mit au lit, où je fus bientôt ſuivie par mon champion, qui, malgré les fatigues de la veille, ſe piqua, comme il me dit, de faire les honneurs de mon nouvel appartement. Inſenſiblement je m'habituai aux bonnes façons de Monſieur *H....* & j'avoue que ſi ſes attentions & ſes libéralités ne m'inſpirerent point d'amour, au moins me forcerent-elles à lui vouer une véritable eſtime & l'amitié la plus reconnoiſſante.

Je me vis alors dans la catégorie des filles entretenues, bien logée, de bons appointemens, & nipée comme une Princeſſe. Néanmoins le ſouvenir de *Charles* me cauſant quelquefois des accès de mélancolie, mon bienfaiteur, pour m'amuſer, donnoit fréquemment de petits ſoupers chez moi à ſes amis & à leurs maîtreſſes, de façon que je connus bientôt les plus célebres Courtiſannes & Matrones de la Ville.

Il y avoit déja ſix mois que nous vivions tous deux du meilleur accord du monde, lorſqu'un jour revenant de faire une viſite, j'entendis quelque rumeur dans ma chambre : j'eus la curioſité de regarder à travers le trou de la ſerrure. Le premier objet qui me frappa fut Monſieur *H*.... chiffonnant ma groſſe ſalope de ſervante, qui ſe défendoit d'une maniere auſſi gauche que foible, & crioit ſi bas, qu'à peine pouvois-je l'entendre. « Fi donc, Monſieur, cela » convient-il ? de grace, ne me tourmen- » tez point. Une pauvre fille comme » moi n'eſt pas faite pour vous. Sainte » Vierge ! ſi ma maîtreſſe alloit venir.... » non, en vérité, je ne le ſouffrirai pas: » au moins je vous en avertis, je m'en » vais crier". Ce qui pourtant n'empêcha point qu'elle ne ſe laiſſât tomber ſur

·PL·T· 18

le lit de repos ; & mon homme ayant levé ses cotillons, la guenipe crut inutile de faire une plus longue résistance. Il monta dessus, & je jugeai à ses mouvemens nonchalans, qu'il se trouvoit logé plus à l'aise qu'il ne s'en étoit flatté. Cette belle opération finie, Monsieur *H....* lui donna quelque monnoie, & la congédia.

Si j'avois été amoureuse, j'aurois certainement interrompu la scene & fait tapage ; mais mon cœur n'y prenant aucun intérêt, quoique ma vanité en souffrit, j'eus assez de sang froid pour me contenir & tout voir jusqu'à la conclusion. Je descendis cinq ou six degrés sur la pointe du pied, & remontai à grand bruit, comme si j'arrivois à l'instant même. J'entrai dans la salle, où je trouvai mon fidele berger se promenant en sifflant d'un air aussi flegmatique que s'il ne s'étoit rien passé. *Ah ! trompeur, trompeur & demi*, dit le proverbe : j'affectai d'abord un air si serein & si gai, que l'hypocrite fut ma dupe en croyant que j'étois la sienne. La grosse récréation qu'il venoit de prendre, l'avoit sans doute fatigué; car il prétexta quelques affaires pour n'être pas obligé de coucher avec moi cette nuit-là, & sortit incontinent après.

A l'égard de ma servante, mon intention n'étant pas de l'associer à mes travaux, au premier sujet de mécontentement qu'elle me donna, je la mis à la porte.

Cependant mon amour-propre ne pouvant digérer l'affront que Monsieur *H....* m'avoit fait, je résolus de m'en venger de la même façon. Je ne tardai pas long-tems. Il avoit pris, depuis environ quinze jours, à son service, le fils d'un de ses fermiers. C'étoit un jeune garçon de dix-huit à dix-neuf ans, d'une physionomie fraîche & appétissante, vigoureux & bien fait. Son maître l'avoit créé le meſſager de nos correſpondances. Je m'étois apperçue qu'à travers ſon reſpect & ſa timide innocence, le tempérament perçoit. Ses yeux, naturellement laſcifs, enflammés par une paſſion dont il ignoroit le principe, parloient en ſa faveur le plus élégamment du monde, ſans qu'il s'en doutât. Pour exécuter mon deſſein, je le faiſois entrer lorſque j'étois encore au lit, ou lorſque j'en ſortois, lui laiſſant voir, comme par mégarde, tantôt ma gorge nue, tantôt la tournure de la jambe, quelquefois un peu de ma cuiſſe en mettant mes jarretieres. En un mot, je l'apprivoiſois petit à petit par mes familiarités. « Eh bien, mon garçon, (lui demandois-je,) as-tu une » maîtreſſe ? .... Eſt-elle plus jolie que » moi ? .... Sentirois-tu de l'amour pour » une perſonne qui me reſſembleroit ? ». Et ainſi du reſte. Le pauvre enfant répondoit d'un ton niais & honnête ſelon mes deſirs.

Quand je crus l'avoir aſſez bien préparé, un jour qu'il vint, à ſon ordinaire, je lui dis de fermer la porte en-dedans. J'étois alors couchée ſur le théâtre des plaiſirs de Monſieur *H....* & de ma ſervante, dans un déshabillé fait pour inſpirer des tentations à un Anachorête. Je l'appellai, & le tirant près de moi par ſa manche, je lui donnai pour le raſſurer deux ou trois petits coups ſous le menton, & lui demandai s'il avoit peur des Dames? en même tems je me ſaiſis d'une de ſes mains, que je ſerrai contre ma gorge, qui treſſailloit & s'élevoit comme ſi elle eût recherché ſes attouchemens. Bientôt tous les feux de la nature étincellerent dans ſes yeux; ſes joues s'enluminerent du plus beau vermillon. La joie, le raviſſement & la pudeur le rendirent muet; mais la vivacité de ſes regards, ſon émotion, parlerent aſſez pour m'apprendre que je n'avois pas perdu mon étalage.

Je glissai les doigts, en le baisant, sur une de ses cuisses, le long de laquelle je sentis un corps solide & ferme, que sa culotte trop juste paroissoit étrangler. Alors faisant semblant de jouer avec les boutons qui étoient prêts à sauter par leur grand tiraillement, tout-à-coup la ceinture & la braguette s'ouvrirent, & présenterent à ma vue émerveillée, non pas une babiole d'enfant, ni le membre commun d'un homme, mais une piece d'une si énorme taille, qu'on l'auroit prise pour celle du Géant *Polypheme*. Ce prodigieux meuble me fit frissonner à la fois de frayeur & de plaisir. Ce qu'il y avoit de surprenant, c'est que le propriétaire d'un si noble joyau ne savoit pas la maniere de s'en servir; tellement que c'étoit mon affaire de le guider au cas que j'eusse assez de courage pour en risquer l'épreuve; mais il n'y avoit plus moyen de reculer.

Le jeune Gars, transporté hors de lui-même, s'aventura, par un instinct naturel, à fourrer ses mains sous mes jupes, & lisant dans mes yeux le pardon de son audace, il gagna, au hazard, le centre inconnu de ses desirs. Je n'eus pas plutôt senti la chaleur de ses doigts, que ma crainte s'évanouit : mes cuisses s'ouvrirent d'elles-mêmes & lui laisserent le champ libre. Alors la chasse fut découverte. Il se mit sur moi : je me plaçai le plus avantageusement qu'il me fut possible pour le recevoir ; mais sa machine ne pouvant enfiler la voie, & frappant toujours à faux, je la conduisis dextrement de la main, & lui donnai la premiere leçon de plaisir. Cependant quoiqu'une si monstrueuse alumelle ne fût pas faite pour une gaîne aussi étroite, je parvins à en loger la pointe, & mon écolier donnant un coup de charniere à propos, en fit entrer quelques pouces de plus : je sentis aussi-tôt un mêlange de plaisir & de douleur indéfinissable. Je tremblois à la fois qu'il ne me fendit en allant plus avant ou en se retirant,

ne le pouvant ſouffrir ni dedans ni dehors. Quoi qu'il en ſoit, il pourſuivit avec tant de roideur & de rapidité, que je lâchai un cri. C'en fut aſſez pour arrêter ce timide & reſpectueux enfant. Il retira le délicieux inſtrument de ma peine, également pénétré du regret de m'avoir fait du mal, & d'être contraint de déloger d'une place dont la douce chaleur lui avoit donné l'avant-goût d'un plaiſir qu'il mouroit d'envie de ſatisfaire.

Je n'étois pourtant pas trop contente qu'il m'eût tant ménagée, & que mon indiſcrétion l'eût fait quitter priſe. Je le careſſai pour l'encourager à revenir à la charge, & me mis en poſture de le recevoir encore à tout événement. Il l'introduiſit de nouveau, ayant l'attention de modérer ſes coups. Petit à petit, l'entrée s'élargit, prêta, & reçut la moitié de ſon membre. Mais tandis qu'il tâchoit de paſſer outre, la criſe du plaiſir le ſurprit, &, malheureuſement pour moi, il jouit tout ſeul, la douleur aiguë que je ſouffrois m'empêchant de l'atteindre.

Je craignois, avec raiſon, qu'il ne ſe retirât. Grace à ma bonne fortune, le cas n'arriva point. L'aimable jeune homme, plein de ſanté & regorgeant de ſucs, fit une courte pauſe, après quoi il ſe mit à piquer derechef, & força aiſément les tendres parois de mon étui abreuvé & rendu plus ſouple par l'injection balſamique qu'il venoit d'y faire. Alors, favoriſé par mes mouvemens adroits, il gagna peu à peu le terrain, & pouce à pouce, il me plongea ſon engin juſques aux gardes, nos deux corps ne firent plus qu'un, ſi bien que les poils de nos ventres s'entremêloient & ſembloient ſe confondre les uns dans les autres. Les délicieuſes, les raviſſantes agitations, qu'il me cauſa intérieurement, me devinrent inſupportables. Je m'apperçus à ſa reſpiration embarraſſée, à ſes yeux à demi clos, ſur-tout à la roideur extraordinaire de ſon inſtrument, qu'il approchoit du ſuprême plaiſir. Je me dépêchai d'y arriver avec lui. Nous nous rencontrâmes enfin, &, plongés tous deux dans un abîme de joie, nous demeurâmes quelques inſtans anéantis, ſans aucun ſentiment, excepté dans ces parties favorites de la nature, où nos ames, notre vie & toutes nos ſenſations étoient alors entierement concentrées.

Quand mon jeune Athléte ſe fut retiré, je me trouvai les cuiſſes inondées d'un déluge de perles liquides, mêlées de ſang, que j'eſſuyai & recueillis précieuſement dans mon mouchoir.

C'étoit une ſcene bien douce pour moi de voir avec quels tranſports il me remercioit de l'avoir initié dans de ſi agréables myſteres. Il n'avoit jamais eu la moindre idée de la marque diſtinctive de notre ſexe. Je devinai bientôt, par l'inquiétude de ſes mains qui fourageoient au hazard, qu'il brûloit de connoître comme j'étois faite. Je lui permis tout ce qu'il voulut, ne pouvant rien refuser à ses desirs. Le fripon me leva les jupes & la chemise au-dessus des hanches. Je me plaçai moi-même dans l'attitude la plus favorable pour exposer à ses regards le petit antre des voluptés & le coup-d'œil luxurieux du voisinage. Extasié à la vue d'un spectacle si nouveau pour lui, il écarta légérement les bords de ce sombre & délicieux réduit, & fourant un doigt dedans il parvint à cette douce excroissance, qui, de souple qu'elle étoit, enfla & se roidit de telle sorte à son toucher, que le chatouillement m'arracha un soupir. Cependant il n'abusa pas plus long-tems de ma complaisance. Son formidable saucisson ayant repris tout-à-coup sa belle forme, il le pointa directement à l'entrée du détroit, & le poussant avec une fureur extrême, il pénétra jusqu'aux derniers retranchemens de la région des béatitudes. Je sentis derechef une émotion ſi vive, qu'il n'y avoit que la pluie ſalutaire, dont la nature bienfaiſante arroſe ces parties là, qui pût me ſauver de l'embraſement.

J'étois tellement abattue, fatiguée, énervée, après une ſemblable ſéance, que je n'avois pas la force de remuer. Néanmoins, mon jeune champion ne faiſant, pour ainſi dire, qu'entrer en goût, n'auroit pas ſitôt quitté le champ de bataille, ſi je ne l'euſſe averti qu'il falloit battre la retraite. Je l'embraſſai tendrement, & lui ayant gliſſé une guinée dans la main, je le renvoyai avec promeſſe de le revoir dès que je pourrois, pourvu qu'il fût diſcret.

A peine étoit-il ſorti, que Monſieur *H*.... arriva. La maniere agréable dont je venois d'employer le tems depuis mon lever, avoit répandu tant d'éclat & de feu ſur ma phyſionomie, qu'il me trouva plus belle que jamais : auſſi me fit-il des careſſes ſi preſſantes, que je tremblai qu'il ne découvrit le mauvais état actuel des choſes. Heureuſement, j'en fus quitte pour prétexter une groſſe migraine. La bonne dupe donna dans le panneau, & réfrénant, malgré lui, ſes deſirs, il ſortit en me recommandant de me tranquilliſer.

Vers le ſoir, j'eus ſoin de me procurer un bain chaud, composé de fines herbes aromatiques, dans lequel je me lavai, & m'égayai ſi bien, que j'en ſortis voluptueuſement rafraîchie de corps & d'eſprit. Je me couchai d'abord & m'endormis juſqu'au lendemain, quoique très-en peine du dégât que la furieuſe alumelle de mon cher *Will* pouvoit avoir cauſé à ma gaîne délicate. Je m'éveillai avec cette inquiétude, & mon premier ſoin fut un examen ſérieux de la partie offenſée. Mais quelle fut ma joie! lorſque j'eus reconnu que ni le duvet, ni les lèvres, ni l'intérieur même de cette tendre fente, n'offroient aucun veſtige des aſſauts qui s'y étoient donnés là veille, quoique la chaleur naturelle du bain eût dû en élargir les parois. Pleinement convaincue de l'inutilité de mes craintes, je n'en fis que rire : charmée de ſavoir que je pouvois déſormais jouir de l'homme le mieux fourni, je triomphai doublement par la revenge que j'avois priſe, & par les délices que j'avois éprouvés.

L'eſprit agréablement occupé par de nouveaux projets de jouiſſance, je m'étendois mollement ſur mon lit; *Will*, mon cher *Will*, entre avec un meſſage de la part de ſon maître, ferme la porte à mon invitation, s'approche de mon lit, où j'étois dans la ſituation la plus voluptueuſe, &, les yeux remplis de l'ardeur la plus tendre, il baiſa mille fois une main que je lui avois abandonnée.

Will à genoux à côté de mon lit, m'accabloit de careſſes ; ce n'étoit pas aſſez ; après quelques queſtions & réponſes ſouvent interrompues par de tendres baiſers, je lui demandai s'il vouloit paſſer avec moi & entre mes draps le peu de tems qu'il avoit à reſter ? C'étoit demander à un hidropique s'il vouloit boire. Ainſi, ſans plus de façons, il quitta ſes habits, & ſauta ſur le lit, que je tenois ouvert pour le recevoir.

Will commença par les préliminaires accoutumés, préludes intéreſſans, qui ſont autant de gradations délicieuſes, dont peu de perſonnes ſavent jouir, par leur précipitation à courir à cet inſtant précieux, qui équivaut une éternité.

Lorſqu'il eut ſuffiſamment préparé les voies à la jouiſſance en me baiſant, en me provoquant, & en me frottant officieuſement ce tendon ſenſible, qui garde la porte du plaiſir, il s'enhardit à me mettre dans la main ſon vigoureux brandon; ſa tenſion, ſa roideur étoient étonnantes; je l'empoignai des deux mains, & le maniai quelque tems, juſqu'à ce que ſa rubicondité & ſa couleur pourprée me firent craindre une décharge trop prématurée.

Je me hâtai donc, pour être de moitié du bonheur de mon jeune Gars, de placer ſous moi un couſſin, qui ſervit à élever mes reins, &, dans la poſition la plus avantageuſe, ouvrant voluptueuſement les cuiſſes, j'offris à *Will* le ſéjour des béatitudes : de ſes deux doigts il en ouvrit les levres brûlantes, & la chaleur qui s'en exhaloit irritant ſes deſirs, après une extaſe d'un moment, il me plongea ſon mouflard juſqu'au vif en moins de trois ſecouſſes. Notre ardeur s'accroiſſant à meſure que le bout de ſon engin touchoit le ſiege de mes ſenſations, je lui paſſai alors mes deux jambes autour des reins, & le ſerrai de mes bras, de façon que nos deux corps confondus ne ſembloient reſpirer que l'un par l'autre, & qu'il ne pût ſe bouger ſans m'entraîner après lui. Dans cette luxurieuſe poſition, *Will* eut bientôt atteint le moment ſuprême ; je m'en apperçus par un déluge de cette crême déle&able dont je me ſentis inonder ; je me ranimai donc pour parvenir au même but, & me ſervis de tous les expédiens que la nature put me fournir, pour qu'il m'aidât à combler mes deſirs. Je m'aviſai enfin de le prendre par le bourſon qui pendoit au bas du tuyau, dont il venoit de me lancer le baume de vie ; & je frottai ſi bien, l'un contre l'autre, les deux réſervoirs globuleux, que je ſentis ſon priape s'enfler & reprendre peu à peu ſa belle forme. Tranſportée alors par les nouveaux chatouillemens que j'éprouvai au fond du vagin, & par une ſeconde décharge que *Will* venoit de me donner, je me noyai dans des flots de délices, & me ſentis bientôt couverte de la liqueur que nous venions de répandre de concert. Nous paſſâmes quelques momens dans une langueur voluptueuſe, & comme anéantis par le plaiſir. A la fin je me débarraſſai de ce

PL. X. 20.

cher enfant, & lui dis que l'heure de ſa retraite étoit venue; il reprit en conſéquence ſes habits, non ſans me donner de tems en tems les baiſers les plus tendres, & ſans me parcourir encore des yeux & des mains avec une ardeur auſſi vive que s'il ne m'avoit vue que pour la premiere fois. Il partit enfin, quoiqu'à regret, & me laiſſa en proie à cette tranquillité, qui ſuit les plaiſirs ſacrés de la nature.

Je jouis dans la ſuite journellement de mon aimable jeune homme, & de ſes délicieux embraſſemens : mais mon imprudence rompit bientôt un ſi tendre commerce, & nous ſépara pour toujours lorſque nous y penſions le moins. Un matin étant à folâtrer avec lui dans mon cabinet, il me vint en tête d'éprouver une nouvelle poſture. Je m'aſſis, & me mis jambe deçà, jambe delà ſur les bras du fauteuil, lui préſentant à découvert la marque où il devoit viſer. J'avois oublié de fermer la porte de ma chambre, & celle du cabinet ne l'étoit qu'à demi. Monſieur *H*.... que nous n'attendions pas, nous ſurprit précisément au plus intéreſſant de la ſcene. Je jettai un cri terrible en abattant mes jupes. Le pauvre *Will*, comme frappé d'un coup de foudre, demeura interdit & auſſi pâle qu'un mort. Monſieur *H*.... nous regarda quelque tems l'un & l'autre, avec un viſage où la colere, le mépris & l'indignation paroiſſoient dans leur plus haut degré, & reculant en arriere, ſe retira ſans dire un mot. Toute troublée que j'étois, je l'entendis fermer la porte à double tour.

Pendant ce tems-là, le malheureux complice de mon infidélité agoniſoit de frayeur, & j'étois obligée d'employer le peu de courage qui me reſtoit pour le raſſurer. La diſgrace que je venois de lui cauſer, me le rendoit plus cher. Je lui baignois le viſage de mes pleurs, je le baiſois,

baiſois, je le ſerrois dans mes bras; mais le pauvre garçon, devenu inſenſible à mes carreſſes, ne remuoit pas plus qu'une ſtatue.

Monſieur *H*.... rentra un moment après, & nous ayant fait venir devant lui, il me demanda d'un ton flegmatique à me déſeſpérer, ce que je pouvois dire pour juſtifier l'affront humiliant que je venois de lui faire? Je lui répondis en pleurant, ſans aggraver mon crime par le ſtyle audacieux d'une courtiſanne effrontée, que je n'aurois jamais eu la penſée de lui manquer à ce point, s'il ne m'en avoit, en quelque maniere, donné l'exemple, en s'abaiſſant juſqu'aux dernieres privautés avec ma ſervante; que toutefois je ne prétendois pas excuſer ma faute par la ſienne; qu'au contraire, j'avouois que mon offenſe étoit de nature à ne point mériter de pardon; mais que je le ſupliois d'obſerver que c'étoit moi qui avois ſéduit ſon valet dans un eſprit de vengeance. Enfin, j'ajoutai que je me ſoumettois volontiers à tout ce qu'il voudroit ordonner de moi, à condition qu'il ne confondit point l'innocent & le coupable.

Il ſembla un peu déconcerté quand je lui rappellai l'aventure de ma ſervante; mais s'étant remis d'abord, il me répondit à-peu-près en ces termes :

„ Mademoiſelle, j'avoue à ma honte, „ que vous me l'avez bien rendu, & „ que je n'ai que ce que je mérite. „ Nous nous ſommes cependant trop „ offenſés tous deux pour continuer à „ vivre déſormais enſemble. Je vous „ accorde huit jours pour chercher un „ autre logement. Ce que je vous ai „ donné eſt à vous. Votre hôte vous „ payera, de ma part, cinquante gui- „ nées, & vous délivrera une quittan- „ ce générale de tout ce que vous lui „ devez. Je me flatte que vous convien- „ drez que je ne vous laiſſe pas dans

PL. Y. 21

„ un état pire que celui où je vous ai „ priſe, ni au-deſſous de ce que vous „ méritez. Ne vous prenez point à moi „ ſi je ne fais pas mieux les choſes".

Alors, ſans attendre ma réponſe, il s'adreſſa à *Will.*

„ Quant à vous, beau mignon, je „ prendrai ſoin de votre perſonne pour „ l'amour de votre pere. La ville n'eſt „ pas un ſéjour qui convienne à un „ pauvre idiot tel que vous : demain „ vous retournerez à la campagne". A ces mots il ſortit. Je me proſternai à ſes pieds pour tâcher de le retenir. Ma ſituation parut l'émouvoir; néanmoins il ſuivit ſon chemin, emmenant avec lui ſon jeune valet, qui ſûrement s'eſtimoit fort heureux d'en être quitte à ſi bon marché.

Je me trouvai encore une fois abandonnée à mon ſort par un homme dont je n'étois pas digne; & toutes les ſollicitations que j'employai pendant la ſemaine qu'il m'avoit accordée pour chercher un logis, ne purent l'engager à me revoir une ſeule fois.

Will fut renvoyé immédiatement à ſon village, où, quelques mois après, une groſſe gaguie de veuve, qui tenoit une bonne hôtellerie, l'épouſa.

Fin de la première Partie.

LES JOIES
CÉLESTES
Fin de la Première Partie.

MÉMOIRES DE MISS FANNY,

ÉCRITS PAR ELLE-MÊME.

SECONDE PARTIE.

TANDIS que j'étois embarrassée de ce que je deviendrois, une de mes amies, nommée Madame *Cole*, vint m'offrir ses bons offices. Comme j'avois toujours eu assez de confiance en elle, je prêtai volontiers l'oreille à ses propositions. Il est certain que je ne pouvois tomber dans de meilleures, ni de plus mauvaises mains : dans de plus mauvaises, parce que tenant une maiſon de plaiſir, il n'y avoit point de genre de lubricité & de débauche auquel elle ne formât ſes filles pour ſatisfaire au goût & au caprice de ſes chalands ; dans de meilleures, parce que qui que ce ſoit ne connoiſſant mieux la vie de *Londres*, n'étoit plus en état de donner de bons avis & de garantir de jeunes proſélites des dangers du métier. Ce qu'il y avoit de plus recommandable en elle, c'eſt qu'elle ſe contentoit d'un médiocre profit, & ſuivoit plutôt la profeſſion par goût que par intérêt : auſſi étoit-elle la grande pourvoyeuſe des gens de la premiere diſtinction.

Cette ſerviable matrone m'admit dans ſon ſerrail près du *Commun Jardin*. (*) Elle tenoit pour la forme une petite boutique de lingere, où la plupart de ſes Demoiſelles faiſoient ſemblant de travailler à certaines heures, avec une

(*) Quartier de la comédie, où il y a beaucoup de catins.

application des plus édifiantes. Tout y paroiſſoit honnête & décent ; mais dès que la nuit venoit, on ſe dépouilloit des dehors gênans de la modeſtie, pour ſe livrer entierement au plaiſir.

Quatre voluptueux, qu'un même goût avoit réunis, faiſant les frais de leurs ſecrettes orgies, ſe regardoient, dans ces lubriques ſynodes, comme les reſtaurateurs de l'innocente liberté de l'âge d'or.

Le lendemain de mon inſtallation, Madame *Cole* m'avertit que l'on tiendroit cette nuit-là un Chapître extraordinaire, pour me recevoir membre de la confrérie, & qu'elle ſe flattoit que le cérémonial de la fête ne me déplairoit pas. Je lui répondis, que j'étois entierement à ſes ordres, bien perſuadée qu'elle ne pouvoit rien me propoſer qui ne me fût agréable. Les trois Demoiſelles, qui devoient être de la partie, charmées de la docilité & du bon naturel que je témoignois dans cette occaſion, me firent cent careſſes; & pour me donner une marque immédiate de l'intimité parfaite avec laquelle elles ſouhaitoient de vivre avec moi, la plus gaie propoſa en attendant l'heure du conclave, que chacune conteroit la maniere dont elle avoit perdu ſon pucellage. Notre mere Supérieure approuva l'idée, à condition qu'on m'en diſpenſât juſqu'à ce que je fuſſe profeſſe. La choſe ainſi réglée, on pria *Emilie* de commencer. C'étoit une blonde charmante, d'une taille de Nimphe, bien proportionnée, & qui avoit la plus belle peau & les plus beaux yeux du monde.

» Ma naiſſance & mes aventures, » (dit-elle,) ne ſont point aſſez conſi» dérables pour que vous imputiez à » vanité, de ma part, l'envie de vous » faire mon hiſtoire. Mon pere & ma » mere étoient & ſont encore, je crois, » fermiers à quarante milles * de Lon-

(*) A peu-près quatorze lieues.

» dres. Leur aveugle tendresse pour un » frere & leur barbarie à mon égard, » me firent prendre le parti de déserter » de la maison à l'âge de quinze ans. » Tout mon fonds étoit de deux *Jacobus* (*), que je tenois de ma maraine, » de quelques schellings, d'une paire de » boucles d'argent & d'un dé de même » métal. Les hardes que j'avois sur le » corps, composoient mon équipage. Je » rencontrai, chemin faisant, un jeune » garçon vigoureux & sain, d'environ » seize ou dix-sept ans, qui alloit aussi » chercher fortune à la ville. Il trottoit » en sifflant derriere moi, avec un pa- » quet de guenilles au bout d'un bâton. » Nous marchâmes quelque tems à la » queue l'un de l'autre sans nous rien » dire. Enfin, nous nous joignîmes & » convînmes de faire la route ensemble. » Quand la nuit approcha, il fallut son- » ger à nous mettre à couvert quelque

(*) Ancienne monnoye d'or.

» part. L'embarras fut de ſavoir ce que » nous répondrions en cas qu'on vint à » nous queſtionner. Le jeune homme » leva la difficulté, en me propoſant de » paſſer pour ſa femme. Ce prudent accord » fait, nous nous arrêtames à un caba- » ret borgne, dans un pauvre hameau. » Mon compagnon de voyage fit apprê- » ter ce qui ſe trouva, & nous ſoupâmes » tête à tête. Mais quand ce fut l'heure » de nous retirer, nous n'eûmes, ni l'un » ni l'autre, le courage de détromper » les gens de la maiſon, & ce qu'il y » avoit de comique, c'eſt que le Gars » paroiſſoit plus intrigué que moi pour » trouver moyen de coucher ſeul.

» Cependant l'hôteſſe, une chandelle » à la main, nous conduiſit au bout d'u- » ne longue cour, à un appartement » ſéparé du corps de logis. Nous la » ſuivîmes ſans ſouffler le mot, & elle » nous laiſſa dans un miſérable bouge, » où il n'y avoit pour tout meuble qu'un

» grand vilain grabat & une chaiſe de
» bois toute démantibulée. J'étois alors
» ſi innocente, que je ne penſois pas
» faire plus de mal en couchant avec un
» garçon, qu'avec une de nos ſervantes,
» & peut-être n'avoit-il pas eu lui-mê-
» me d'autres idées, juſqu'à ce que l'oc-
» caſion lui en inſpirât de différentes.
» Quoi qu'il en ſoit, il éteignit la lu-
» miere avant que nous fuſſions entiere-
» ment deshabillés. Lorſque j'entrai dans
» le lit, mon acolite y étoit déja, & la
» chaleur de ſon corps me fit d'autant
» plus de plaiſir, que la ſaiſon commen-
» çoit à être froide. Mais que l'inſtinct
» de la nature eſt admirable ! Le jeune
» homme me paſſant un bras ſous les
» reins, ſe ſerra contre moi comme ſi
» c'eût été ſeulement à deſſein d'avoir
» plus chaud. Je ſentis fermenter, pour
» la premiere fois, dans mes veines,
» un feu que je n'avois jamais connu.
» Encouragé, je le penſe, par ma doci-
» lité, il ſe hazarda de me donner un

» baiſer, que je lui rendis innocemment,
» ſans penſer que cela tirât à conſé-
» quence : bientôt ſes doigts agiſſans
» ſous ma chemiſe, & après avoir joué
» des épinettes par-tout où il lui plut,
» il me fit tâter la cheville ouvriere du
» genre-humain. Je lui demandai, avec
» ſurpriſe, ce que c'étoit ; il me dit, que
» je le ſaurois ſi je voulois, & mon hom-
» me n'attendant point ma réponſe,
» monta immédiatement ſur moi. Je me
» trouvai alors tellement entraînée par
» un pouvoir dont j'ignorois la cauſe,
» que je le laiſſai faire en paix juſqu'à
» ce qu'il m'arracha les hauts cris ; mais
» il n'y avoit plus à reculer, le maqui-
» gnon étoit trop bien en ſelle pour le
» déſarçonner : au contraire, les efforts
» que je fis, ne le ſervirent que mieux.
» Il me donna à la fin un ſi terrible
» coup de charniere, qu'il enfila la bague
» & me dépucella. Le chemin une fois
» frayé, nous veillâmes le plus agréa-
» blement du monde juſqu'au jour. Il

·PL·A·

» feroit inutile de vous ennuier par un » plus long récit ; c'eſt aſſez que vous » ſachiez que nous vécûmes enſemble » tant que la miſere nous ſépara, & me » fit embraſſer la profeſſion ".

Suivant l'ordre de la ſituation c'étoit à *Henriette* à nous faire ſon hiſtoire. Parmi les beautés de ſon ſexe que j'avois vues avant, & depuis elle, il en eſt bien peu qui puiſſe ſe flatter d'égaler la nobleſſe de ſa taille, & la fineſſe de ſon teint ; de beaux yeux noirs, pleins de feu, ornoient encore la plus heureuſe phyſionomie. Avant de parler, *Henriette* ſourit, rougit, & commença en ces termes.

» Mon pere, qui fut meûnier près de » la ville de *York*, ayant perdu ma mere » peu de tems après ma naiſſance, con- » fia mon éducation à une de mes tan- » tes, vieille veuve ſans enfans, & qui » étoit alors gouvernante ou ménagere » de Mylord *N*.... à ſa campagne de... » où elle m'éleva avec toute la tendreſſe » poſſible.

» Ayant déja paſſé, de deux années, » cet âge, que trois luſtres accompliſ- » ſent, pluſieurs bons partis s'empreſ- » ſoient à me prouver leur amour, en » me procurant des plaiſirs frivoles. J'i- » gnorois encore ceux qui tiennent à » l'union des cœurs, quand la nature & » la liberté, d'accord avec le penchant, „ les voient éclore. Si le tempérament „ me laiſſa méconnoître ſes vives impreſ- „ ſions juſqu'à ce terme, bientôt il me „ dédommagea avec profuſion de ce que „ j'avois ignoré. Heureux momens! deux „ ans ſe ſont écoulés, depuis qu'endoc- „ trinée par l'amour, je perdis, plutôt „ qu'on ne devoit s'y attendre, ce joyau „ ſi difficile à garder, & voici comment. „ J'étois accoutumée, lorſque ma bonne „ tante faiſoit ſa méridienne, de m'aller „ recréer en travaillant ſous un berceau, „ que côtoyoit un petit ruiſſeau, qui „ rendoit ce lieu fort agréable pendant „ les chaleurs de l'été. Un après-midi „ que, ſuivant mon habitude, je m'étois

„ placée ſur une couche de roſeau, que
„ j'avois fait mettre à ce deſſein dans
„ le cabinet, la tranquillité de l'air,
„ l'ardeur aſſoupiſſante du ſoleil, & plus
„ que tout cela peut-être, le danger
„ qui m'attendoit, me livrerent aux dou-
„ ceurs du ſommeil; un panier ſous ma
„ tête me ſervoit d'oreiller; la jeuneſſe
„ & le beſoin mépriſent les commodi-
„ tés du luxe.

„ Il y avoit au plus un quart-d'heure
„ que je dormois, quand un bruit aſſez
„ fort, qui ſe faiſoit dans le ruiſſeau,
„ dont j'ai parlé plus haut, dérangea
„ mon ſommeil, & m'éveilla en ſurſaut.
„ Imaginez-vous ma ſurpriſe, lorſque
„ j'apperçus un beau jeune homme, nû
„ comme la main, & qui ſe baignoit
„ dans l'onde qui couloit à mes pieds.
„ Ce jeune *Adonis* étoit, comme je
„ l'ai ſu depuis, le fils d'un Seigneur du
„ voiſinage, qui m'avoit été inconnu
„ juſqu'alors.

„ Les premieres émotions que me cau-
„ ſa la vue de ce jeune homme *in natu-*
„ *ralibus*, furent la crainte & la ſurpriſe ;
„ & je vous aſſure que je me ſerois
„ eſquivée, ſi une modeſtie fatale n'eut
„ retenu mes pas : car je ne pouvois ga-
„ gner la maiſon ſans être vue du jeune
„ drôle. Je demeurai donc agitée par la
„ crainte & la modeſtie, quoique la por-
„ te du cabinet où je me trouvois étant
„ fermée, je n'avois nulle inſulte à appré-
„ hender. La curioſité anima cependant
„ à la fin mes regards ; je me mis à
„ contempler par un trou de la cloiſon,
„ le beau garçon qui s'ébattoit dans
„ l'onde. La blancheur de ſa peau frappa
„ d'abord mes yeux, & parcourant in-
„ ſenſiblement tout ſon corps, je parvins
„ à diſcerner une certaine place cou-
„ verte d'un poil noir & luiſant, au
„ milieu duquel je voyois brandiller une
„ piece de chair molle, qui m'étoit in-
„ connue ; mais malgré ma modeſtie je
„ ne pus détourner mes regards. Enfin

„ toutes

„ toutes mes craintes firent place à des „ desirs & à des transports, qui sem- „ bloient me ravir. Le feu de la natu- „ re, qui avoit été caché si long-tems, „ commença à développer son germe ; „ & je connus pour la premiere fois „ que j'étois fille.

„ Pendant que je résumois en moi- „ même les sentimens qui agitoient mon „ jeune cœur, la vue toujours fixée sur „ l'aimable baigneur, je le vis se plon- „ ger au fond de l'eau aussi rapidement „ qu'une pierre. Comme j'avois souvent „ entendu parler de la crampe & des „ autres accidens que les nageurs ont à „ craindre ; je m'imaginai qu'une telle „ cause avoit occasionné sa chûte. Plei- „ ne de cette idée & l'ame remplie de „ l'amour le plus vif, je volai, sans faire „ la moindre réflexion sur ma démarche, „ vers le lieu où je crus que mon se- „ cours pouvoit être nécessaire. Mais ne „ voyant plus nulle trace du jeune hom-

„ me, je tombai dans une foiblesse, qui
„ doit avoir duré fort long-tems; car
„ je ne revins à moi que par une dou-
„ leur aiguë, qui ranima mes esprits
„ vitaux; & ne m'éveillai que pour me
„ voir, non-seulement entre les bras de
„ l'objet de mes craintes; mais telle-
„ ment prise, que plus de la moitié de
„ sa machine m'étoit déja entrée dans
„ le corps; si bien que je n'eus ni la
„ force de me dégager, ni le courage
„ de crier au secours. Il acheva donc
„ de triompher de ma virginité, ce qu'il
„ reconnut par le sang qui sortit de ma
„ machine lorsqu'il en retira son priape,
„ & par la difficulté que l'entrée lui avoit
„ fait éprouver. Immobile, sans parler,
„ couverte de mon sang, que mon
„ séducteur venoit de faire couler de
„ ma blessure, & prête à m'évanouir
„ de nouveau par l'idée de ce qui ve-
„ noit de m'arriver, le jeune Seigneur,
„ voyant l'état pitoyable où il m'avoit
„ réduite, se jetta à mes genoux, les

„ yeux remplis de larmes, en me priant „ de lui pardonner, & en me promettant de me donner toute la réparation „ qu'il feroit en fon pouvoir de me faire. „ Il eft certain que fi mes forces l'avoient permis dans cet inftant, je me „ ferois portée à la vengeance la plus „ fanglante ; tant me parut affreufe la „ maniere dont il avoit récompenfé mon „ ardeur à le fauver ; quoiqu'à la vérité il ignorât ma bonne volonté à cet „ égard.

„ Mais avec quelle rapidité l'homme „ ne paffe-t-il point d'un fentiment à „ un autre ? Je ne pus voir fans émotion mon aimable criminel fixé à mes „ pieds, & mouiller de larmes une main „ que je lui avois abandonnée, & qu'il „ couvroit de mille tendres baifers. Il „ étoit toujours nû, mais ma modeftie „ avoit reçu un outrage trop cruel pour „ redouter déformais la contemplation „ du plus beau corps qu'on puiffe voir;

„ & ma colere s'étoit tellement appai-
„ ſée, que je crus accélérer mon bon-
„ heur en lui pardonnant. Cependant
„ je ne pus m'empêcher de lui faire des
„ reproches : mais ils étoient ſi doux !
„ j'avois tant de ſoin de lui en épargner
„ l'amertume ! & mes yeux exprimoient
„ ſi bien cette langueur délicieuſe de
„ l'amour ! qu'il ne put douter long-
„ tems de ſon pardon ; cependant il ne
„ voulut jamais ſe lever que je ne lui
„ eus promis d'oublier ſon forfait ; il
„ obtint facilement ſa demande, & ſcella
„ après ſon pardon d'un baiſer qu'il
„ prit ſur mes levres & que je n'eus pas
„ la force de lui refuſer.

„ Après nous être reconciliés de la
„ ſorte, il me conta comment il s'y
„ étoit pris pour me ravir cette fleur
„ charmante, que les hommes eſtiment
„ tant. M'ayant trouvée, lorſqu'il reſor-
„ toit de l'eau, couchée ſur le gazon,
„ il crut que je ne pouvois m'être en-

„ dormie là, ſans quelque deſſein pré-
„ médité. S'étant donc approché de moi,
„ & reſtant en ſuſpens de ce qu'il de-
„ voit croire de cette aventure, il me
„ prit à tout hazard entre ſes bras, pour
„ me porter ſur le lit de joncs qui ſe
„ trouvoit dans le cabinet, dont la porte
„ étoit entr'ouverte. Là, il eſſaya, ſelon
„ qu'il me le proteſta, tous les moyens
„ poſſibles pour me rappeller à moi-
„ même, mais ſans le moindre ſuccès.
„ Enfin, enflammé par la vue & l'at-
„ touchement de tous mes charmes, il
„ ne put retenir l'ardeur dont il brû-
„ loit, & les tentations plus qu'humai-
„ nes, que la ſolitude & la ſécurité ne
„ faiſoient qu'accroître, l'animant de plus
„ en plus, il me plaça alors, ſelon ſon
„ gré, ſur l'autel où devoit expirer cette
„ tendre victime de ſa paſſion; & ſe mit
„ incontinent à ſatisfaire ſon amour,
„ juſqu'à ce que tirée de mon aſſoupiſſe-
„ ment par la douleur qu'il me cauſoit,
„ je vis moi-même le reſte de cette

„ ſcene touchante, que je me repréſente „ trop vivement, pour regretter encore „ le bijou précieux que j'y perdis. Mon » vainqueur ayant fini ſon diſcours, & » découvrant dans mes yeux les ſymp- » tômes de la réconciliation la plus ſin- » cere, me preſſa tendrement contre ſa » poitrine, en me donnant les conſola- „ tions les plus flatteuſes, & l'eſpérance „ des plaiſirs les plus ſenſibles. Pendant „ ce tems mes yeux jouoient conſtam- „ ment ſur l'inſtrument dont j'avois reſ- „ ſenti les affreuſes ſecouſſes; alors je „ le vis s'enfler & ſe roidir de plus en „ plus, juſqu'à ce que ma main tombant „ négligemment, le toucha, & s'y fixa „ par une attraction inconnue. Les feux „ du deſir ſe rallumerent dans nos cœurs, „ & ſuccombant une ſeconde fois, je „ goûtai pleinement les délices de cet „ inſtant fortuné.

„ Quoique ſelon notre accord, je doi- „ ve ici mettre fin à mon diſcours, je

„ ne puis cependant m'empêcher d'ajou-
„ ter, que je jouis encore quelque tems
„ des tranſports de mon amant, juſqu'à
„ ce que des raiſons de famille l'éloigne-
„ rent de moi, & que je me vis obligée
„ de me donner au public. Je finis donc
„ en priant *Lòuiſe* de nous faire part
„ de ſes aventures".

Louiſe, brunette fort piquante, & dont je crois inutile de vous retracer ici les charmes, ſe mit alors en devoir de ſatiſfaire la compagnie.

„ Selon mes louables maximes, (dit-
„ elle,) je ne vous releverai point la
„ nobleſſe de ma famille, puiſque je ne
„ dois la vie qu'à l'amour le plus ten-
„ dre, ſans que les liens du mariage
„ euſſent jamais joints les auteurs de
„ mes jours. Je fus la rare production
„ du premier coup d'eſſai d'un garçon
„ ébéniſte, avec la ſervante de ſon maî-
„ tre; dont les ſuites furent un ventre
„ en tambour & la perte de ſa condition.

„ Mon pere, quoique fort pauvre, me
„ mit cependant en nourrice chez une
„ campagnarde, jusqu'à ce que ma mere,
„ qui s'étoit retirée à *Londres*, s'y ma-
„ ria, à un pâtissier ; & me fit venir
„ comme l'enfant d'un premier époux,
„ qu'elle disoit avoir perdu quelques mois
„ après son mariage. Sur ce pied, je
„ fus admise dans la maison, & n'eus
„ pas atteint l'âge de six ans, que je
„ perdis ce pere adoptif, qui laissa ma
„ mere dans un état honnête, & sans
„ enfans de sa façon. Pour ce qui regarde
„ mon pere naturel, il avoit pris le parti
„ de s'embarquer pour les *Indes*, où il
„ étoit mort fort pauvre, ne s'étant en-
„ gagé que pour simple matelot. Je crois-
„ sois donc sous les yeux de ma mere,
„ qui sembloit craindre pour moi le faux
„ pas qu'elle avoit fait : tant elle avoit
„ soin de m'éloigner de tout ce qui pou-
„ voit y donner lieu. Mais je crois qu'il
„ est aussi impossible de changer les pas-
„ sions de son cœur que les traits de son
„ visage.

„ Quant à moi, l'attrait du plaiſir
„ défendu agiſſoit ſi fortement ſur mes
„ ſens, qu'il me fut impoſſible de ne
„ point ſuivre les loix de la nature. Je
„ cherchai donc à tromper la vigilante
„ précaution de ma mere. J'avois à peine
„ douze ans, que cette partie, dont elle
„ s'étudioit tant à me faire ignorer l'u-
„ ſage, me fit ſentir ſon impatience
„ par ſes titillations & par un feu ſecret,
„ qui ſembloit redoubler à la vue d'un
„ homme. Cette ouverture merveilleuſe
„ avoit même déja donné des ſignes de
„ puberté prématurée, en s'ombrageant
„ d'un poil naiſſant, ſemblable au duvet,
„ qui, ſi j'oſe le dire, avoit pris ſa
„ croiſſance ſous ma main & ſous mes
„ yeux; car j'étois journellement occu-
„ pée à viſiter & à manier ce joli réduit,
„ ſes ſenſations délicates, & les cha-
„ touillemens que je ſentois ſouvent,
„ m'avoient aſſez fait comprendre, que
„ c'étoit dans ce petit centre que giſoit
„ le vrai bonheur : ſentiment qui me

„ faiſoit languir avec impatience après „ un compagnon du plaiſir; & qui me „ faiſoit fuir toute ſociété où je ne croyois „ pas rencontrer l'objet de mes vœux, „ pour m'enfermer dans ma chambre, „ afin d'y goûter, du moins en idée, „ les tranſports de l'amour.

„ Mais toutes ces méditations ne fai-„ ſoient qu'accroître mon tourment, & „ augmenter le feu qui me conſumoit. „ C'étoit bien pis encore, lorſque tranſ-„ portée par les irritations inſupporta-„ bles de ma petite machine, j'en écar-„ tois les levres pour y faire entrer inu-„ tilement un doigt inhabile dans ſes „ opérations. Quelquefois, excitée par „ la véhémence du deſir, je me jettois „ ſur le lit, j'écartois les cuiſſes, & ſem-„ blois y attendre le membre deſiré, „ juſqu'à ce que, convaincue de mon „ illuſion, je les reſſerrois & les frot-„ tois l'une contre l'autre. Enfin la cauſe „ de mes deſirs, par ſes impétueux tré-

„ mouſſemens & ſes chatouillemens in-
„ ternes, ne me laiſſoit nuit & jour au-
„ cun repos. Je croyois cependant avoir
„ beaucoup gagné, lorſque me figurant
„ qu'un de mes doigts reſſembloit à la
„ piece en queſtion, je l'avois introduit
„ dans l'ouverture délicate; je m'en bran-
„ lois avec une agitation délicieuſe, en-
„ tremêlée de douleur, car je me déflo-
„ rois autant qu'il étoit en mon pou-
„ voir; & j'y allois de ſi bon cœur,
„ que je me trouvois ſouvent étendue
„ ſur mon lit, dans une langueur amou-
„ reuſe, qui me dédommageoit en quel-
„ que ſorte de la peine que je ſouffrois.

„ L'homme, comme je l'avois bien
„ conçu, poſſédoit ſeul ce qui me pou-
„ voit guérir de cette maladie; mais,
„ gardée à vue de la maniere que je
„ l'étois, comment tromper la vigilance
„ de ma mere, & comment me procu-
„ rer le plaiſir de ſatisfaire ma curio-
„ ſité, & de goûter une volupté déli-

„ cieuſe & inconnue juſqu'alors à mes „ ſens ?

„ A la fin un accident ſingulier me „ procura ce que j'avois deſiré ſi long-„ tems ſans fruit. Un jour que nous „ dînions chez une voiſine, avec une „ Dame qui occupoit notre premier, „ ma mere fut obligée d'aller à *Green-„ wich*. La partie étant faite, je feignis, „ je ne ſais comment, un mal de tête „ que je n'avois pas : ce qui fit que ma „ mere me confia à une vieille ſervante „ de boutique; car nous n'avions aucun „ homme dans la maiſon.

„ Lorſque ma mere fut partie, je dis „ à la ſervante que j'allois me repoſer „ ſur le lit de la Dame qui logeoit chez „ nous, le mien n'étoit pas dreſſé; & „ que n'ayant beſoin que d'un peu de „ repos pour me remettre, je la priois „ de ne point venir m'interrompre. Lorſ-„ que je fus dans la chambre, je me „ délaçai, & me jettai moitié nue ſur

„ le lit. Là je me livrai de nouveau à „ mes vieilles & insipides coutumes; la „ force de mon tempérament m'excitant, „ je cherchai par-tout des secours que „ je ne pouvois trouver; j'aurois déchiré „ mes doigts de rage, de ce qu'ils repré- „ sentoient si mal l'objet de mes vœux, „ jusqu'à ce que, assoupie par mes agi- „ tations, je m'endormis légerement „ pour jouir d'un rêve qui, sans doute, „ doit m'avoir fait prendre les situations „ les plus séduisantes.

„ A mon réveil je trouvai avec sur- „ prise ma main dans celle d'un jeune „ homme, qui se tenoit à genoux devant „ mon lit, & qui me demandoit pardon „ de sa hardiesse. Il me dit qu'il étoit „ le fils de la Dame qui occupoit la cham- „ bre; qu'il étoit monté, sans avoir été „ apperçu par la servante; & que m'ayant „ trouvée endormie, sa premiere réso- „ lution avoit été de retourner sur ses „ pas; mais qu'il avoit été retenu par un „ pouvoir irrésistible.

„ Que vous dirai-je ? Les émotions, „ la ſurpriſe & la crainte, furent d'abord „ chaſſées par les idées du plaiſir que „ j'attendois de cette aventure. Il me ſem- „ bla qu'un Ange étoit deſcendu du ciel „ à deſſein ; car il étoit jeune & bien „ tourné, ce qui étoit plus que je n'en „ demandois ; l'*homme* étant tout ce que „ mon cœur deſiroit de connoître. Je „ crus ne devoir ménager ni mes yeux, „ ni ma voix, ni aucune avance pour „ l'encourager à répondre à mes deſirs. „ Je levai donc la tête, pour lui dire „ que ſa mere, ne pouvant revenir que „ vers la nuit, nous ne devions rien crain- „ dre de ſa part ; mais je vis bientôt „ que je n'avois pas beſoin de l'exciter, „ & qu'il n'étoit pas ſi novice que je le „ croyois : car il me dit, que ſi j'avois „ connu ſes diſpoſitions, j'aurois eu plus „ à eſpérer de ſa violence, qu'à craindre „ de ſon reſpect.

„ Voyant que les baiſers qu'il impri- „ moit ſur ma main n'étoient pas dédai-

PL. C. 25

„ gnés, il ſe leva & collant ſa bouche
„ ſur mes levres brûlantes, il me remplit
„ d'un feu ſi vif, que je tombai douce-
„ ment à la renverſe & lui ſur moi. Les
„ momens étoient trop précieux pour les
„ perdre en vaines ſimagrées. Mon jeune
„ garçon procéda d'abord à l'affaire prin-
„ cipale ; pendant qu'étendue ſur mon
„ lit, je deſirois l'inſtant de l'attaque
„ avec une ardeur peu commune à mon
„ âge. Il leva mes juppes & ma che-
„ miſe ; mes cuiſſes s'étant ſéparées
„ comme d'elles-mêmes, lui offrirent le
„ braſier le plus ardent de l'amour. Ce-
„ pendant mes deſirs augmentant à me-
„ ſure que je voyois les obſtacles s'éva-
„ nouïr, je n'écoutai ni pudeur ni mo-
„ deſtie, & chaſſant au loin la timide
„ innocence, je ne reſpirai plus que les
„ feux de la jouiſſance, une rougeur
„ vive coloroit mon viſage, mais inſen-
„ ſible à la honte, je ne connoiſſois que
„ l'impatience de voir combler mes de-
„ ſirs.

„ Jusqu'alors je m'étois servie de tous
„ les moyens qui m'avoient paru propres
„ à soulager mes tourmens : mais quelle
„ différence des attouchemens lascifs d'un
„ homme, à l'insipide manipulation d'une
„ jeune fille sur elle-même ! lors que ses
„ mains parcourent cet endroit chéri des
„ hommes & des dieux, & que ses doigts
„ se jouerent dans le tendre duvet qui
„ en environnoit les bords, des soupirs
„ enflammés annoncerent mes plaisirs.

„ Enfin, après s'être amusé quelque
„ tems avec ma petite fente, qui palpi-
„ toit d'impatience, il déboutonne sa
„ veste & sa culotte, & montre à mes
„ regards avides, l'objet de mes soupirs,
„ de mes rêves & de mon amour, en
„ un mot, le roi des membres. Je par-
„ cours avec délices sa longueur & sa
„ grosseur, sa tête pourprée .... mais
„ bientôt je sens sa chaleur à l'endroit
„ où réside la plus précieuse des sensa-
„ tions, ses deux levres écarlates, qui en
„ ferment

„ ferment doucement l'entrée, sembloient „ s'ouvrir pour le recevoir, & ajustant „ sa visée, je sentis, contre mon espé„ rance, la large tête du trop heureux „ priape se frayer un passage parmi les „ ravages & le sang.

„ Rien ne me paroissoit préférable à „ la jouissance que j'allois goûter, de „ sorte que craignant peu la douleur, je „ joignis mes secousses à celles de mon „ vigoureux Athlète : bientôt l'instant de „ la volupté fit disparoître cette fleur „ qu'on estime tant, & dont la garde „ m'avoit causé tant de peine.

„ Extasiée, fendue par l'énorme gros„ seur du vigoureux bourdon de mon „ dévergineur, & les cuisses ensanglan„ tées, je restai quelque tems accablée „ par la fatigue & le plaisir. Mais à la „ seconde attaque, ma plaie, guérie par „ le cordial souverain qui en humectoit „ les bords, ne me procura que du plai„ sir ; les douces plaintes, que m'avoit

„ arrachées une douleur cuiſante & mo-
„ mentanée, furent appaiſées, & je
„ m'abandonnai ſans réſerve à tous les
„ tranſports de l'amour, auquel je livrai,
„ avec raviſſement, toutes mes facultés;
„ étroitement unie avec mon jeune amant,
„ ſon allumelle, enfoncée juſqu'aux gar-
„ des dans ma bleſſure, y verſoit le plai-
„ ſir à grands flots; plus de douleurs
„ déſormais, l'ouverture étoit faite, &
„ je jouiſſois d'autant plus délicieuſe-
„ ment, que j'avois longtems langui après
„ la poſſeſſion du joyau qui étoit tout
„ entier dans mon étui. Bientôt ſubmer-
„ gée par un torrent de perles liquides,
„ j'épanchai, de mon côté, cette liqueur
„ glutineuſe, qui fait naître une ivreſſe
„ trop ſentie, pour ne pas s'y livrer
„ avec raviſſement.

„ C'eſt ainſi (continua l'ardente *Louiſe*)
„ que je vis s'accomplir mes plus vio-
„ lens deſirs; & que je perdis cette
„ babiole dont la garde eſt ſemée de

„ tant d'épines ; un accident heureux & „ inopiné me procura cette ſatisfaction, „ car ce jeune homme arrivoit à l'inſ- „ tant du Collége & venoit familiere- „ ment dans la chambre de ſa mere, „ dont il connoiſſoit la ſituation pour y „ avoir été ſouvent autrefois, quoique „ je ne l'euſſe jamais vu, & que nous ne „ nous connuſſions que d'oui-dire.

„ Les précautions du jeune Athlète, „ cette fois & pluſieurs autres, que j'eus „ le plaiſir de le voir, m'épargnerent le „ déſagrément d'être ſurpriſe dans mes „ fréquens exercices. Mais la force d'un „ tempérament que je ne pouvois repri- „ mer, & qui me rendoit les plaiſirs de „ la jouiſſance préférables à ceux d'exiſ- „ ter, m'ayant ſouvent trahie, par des „ indiſcrétions fatales à ma fortune, je „ tombai à la fin dans la néceſſité d'être „ le partage du Public, ce qui, ſans doute, „ eut cauſé ma perte, ſi la fortune ne m'eut „ fait rencontrer cet agréable refuge".

A peine *Louiſe* avoit-elle ceſſé de parler, qu'on nous avertit que les confreres étoient arrivés.

Madame *Cole* me conduiſit enhaut. Un jeune cavalier extrêmement aimable, auquel on m'avoit deſtinée, vint à notre rencontre & fut mon introducteur. Mon amour-propre eut lieu d'être content de la ſurpriſe que je cauſai à l'aſſemblée. Ils m'embraſſerent à la ronde, & me prodiguerent les éloges les plus flatteurs. Néanmoins ils ne purent s'empêcher de me dire que j'avois un défaut qui ne s'accordoit pas avec leurs ſtatuts, & que ce défaut étoit la modeſtie, dont ils me ſupplioient de vouloir bien me dépouiller, de peur qu'elle n'empoiſonnât leurs plaiſirs. Ce fut-là le prologue de la piece que nous allions jouer.

Les premiers qui ouvrirent la ſcene, furent un jeune guidon des gardes à cheval, avec la plus douce des beautés, la charmante, la voluptueuſe *Louiſe*.

PL·D· 26

Notre cavalier la pouſſa ſur la couche, où il la fit tomber à la renverſe, & s'y étendit avec un air de vigueur qui annonçoit une amoureuſe impatience. *Louiſe* s'étoit placée le plus avantageuſement poſſible ; ſa tête, mollement appuyée ſur un oreiller, étoit fixée vis-à-vis ſon amant, & notre préſence paroiſſoit être le moindre de ſes ſoucis. Ses juppes & ſa chemiſe levées, nous découvrirent les cuiſſes & les jambes les mieux tournées qu'on puiſſe voir ; elles étoient écartées avec tant de ſoin & d'avantage pour la commodité du champion, que nous pouvions contempler à notre aiſe cette charmante ouverture, qui ſéparoit un mont couvert d'un beau duvet, & dont la palpitation continuelle invitoit le ſacrificateur à s'y enfoncer. Le galant étoit deshabillé, & nous étaloit ſa vigoureuſe cheville dans un état à faire envie, & prête à combattre ; mais, ſans nous donner le tems de jouir de cette agréable vue, il la plongea dans la cellule de ſon aimable antagonifte, qui la reçut en véritable héroïne. Il eft vrai que jamais fille n'eût comme elle une conftitution plus heureufe pour l'amour, & une vérité plus grande dans l'expreffion des fenfations voluptueufes. Nous remarquâmes alors le feu du plaifir briller dans fes yeux, fur-tout lorfqu'elle introduifit l'inftrument de fon bonheur dans la place qui lui convenoit ; enfin le fier aiguillon atteignant le vif, les irritations redoublerent avec tant d'effervefcence, qu'elle perdit toute autre connoiffance que celle du chatouillement qu'elle éprouvoit. Alors la partie endommagée fut agitée d'une fureur fi étrange, qu'elle remuoit avec une violence extraordinaire, entremêlant des foupirs enflammés à la cadence de fes mouvemens & aux baifers voluptueux qu'elle donnoit à fon amant, qui les lui rendoit avec profufion, s'efforçant l'un & l'autre d'arriver au période délectable. *Louife* tremblante & hors d'haleine, nous annonça ce mo-

ment ſuprême par des mots entrecoupés.
„ Ha Monſieur ! .... (diſoit-elle, en
„ balbutiant,) mon cher Monſieur !....
„ je vous.... je vous.... prie, ne m'é-
„ par....gnez.... ne m'épargnez pas !....
„ ha ! .... ha ! ...." Ses yeux ſe fermerent langoureuſement à la ſuite de ce monologue, & l'yvreſſe la fit mourir pour renaître plutôt ſans doute qu'elle n'auroit voulu. Cependant ſon amant arrêtant auſſi tout court ſes vigoureuſes ſecouſſes, pouſſa, comme de concert, le dernier aveu du plaiſir.

Lorſqu'il ſe trouva déſarçonné, *Louiſe* ſe leva, vint à moi, me donna un baiſer & me tira près de l'autel du plaiſir, où l'on me fit boire à la ſanté de la prêtreſſe qui venoit de ſacrifier, & promettre de ſuivre ſon bon exemple.

Dans cet intervalle le ſecond couple s'apprêtoit à entrer en lice : c'étoient un jeune Baron & la tendre *Henriette*.

Mon gentil Ecuyer vint m'en avertir & me conduisit vers le lieu de la scene.

Henriette fut donc menée sur la couche vacante. Rougissant lorsqu'elle me vit, elle sembloit vouloir se justifier de l'action qu'elle alloit commettre & qu'elle ne pouvoit éviter.

Son amant (car il l'étoit véritablement) la mit sur le pied du lit, & passant ses bras autour de son cou, préluda par lui donner des baisers savoureusement appliqués sur ses belles levres ; jusqu'à ce qu'il la fit tomber doucement sur un coussin disposé pour la recevoir, & se coucha sur elle. Mais, comme s'il avoit su notre idée, il ôta son mouchoir & nous fit voir les deux plus beaux globes du monde, qu'il mania délicatement, avec cette dévotion amoureuse qu'observent les vrais amans.

Après s'être délecté quelques momens dans ces doux ébats, il leva peu à peu

tie
ne,
che
it,
ac-
elle
ent)
fes
r lui
pli-
ce,
un
fe
voir
&
bes
ent,
fer.
ens
peu

PL·F· 28

ſes juppes, & expoſa à notre vue la plus belle parade que l'indulgente nature ait accordée à notre ſexe. Toute la compagnie qui, moi ſeule exceptée, avoit eu ſouvent le ſpectacle de ces charmes, ne put s'empêcher d'applaudir à la raviſſante ſimétrie de cette partie de l'aimable *Henriette* : tant il eſt vrai que ces beautés admirables jouiſſent du prix d'une ſinguliere nouveauté. Ses jambes & ſes cuiſſes étoient faites au tour; & leur blancheur éclatante étoit encore relevée par le poil noir & reluiſant qui ombrageoit la fente la mieux coupée, la plus mignone qu'on puiſſe voir, & dont l'imagination peut à peine ſe former une idée.

Son cher amant, qui étoit reſté abſorbé par la vue des beautés dont il alloit jouir, s'adreſſa enfin à la cheville ouvriere, & levant ſa chemiſe, nous fit voir ſon maître membre, dont la groſſeur nous étonna. Il étoit placé entre les cuiſſes de ſa chere *Henriette*, qui s'en trouvoit raiſonnablement éloignée. D'une main il écarta les levres brûlantes du ſéjour de la volupté, &, de l'autre, dirigeant ſon dard enflammé, il l'introduiſit pouce à pouce par quelques coups de reins ménagés, juſqu'à ce qu'enfin, il l'eut caché tout entier dans le laboratoire de l'amour. Alors ſon poil, ſe confondant avec le duvet mouſſeux de ſon aimable patiente, nous apperçûmes toutes les gradations du plaiſir; les yeux humides & perlés de la belle *Henriette*, annoncerent le bonheur auquel elle étoit prête d'atteindre. Perforée par un vigoureux bourdon, qui la rendoit paſſive, elle reſta quelque tems immobile, juſqu'à ce qu'excitée par les chatouillemens délicieux que le frottement fait naître, elle ne put retenir davantage les tranſports du plaiſir; ſes mouvemens, d'accord avec ceux de ſon vigoureux vainqueur, ne font que s'accroître; les clignottemens de leurs yeux, l'ouverture involontaire de leurs bouches, & la molle extenſion de tous leurs membres, firent connoître à l'aſſemblée contemplative, l'éjaculation de la liqueur divine; l'aimable couple garda, dans le ſilence, cette derniere ſituation, juſqu'à ce qu'enfin, les reſtes du baume de vie furent évaporés de part & d'autre. Un baiſer langoureux donné & repris, marqua le triomphe & la joie du héros qui venoit de vaincre.

Dès qu'*Henriette* fut délivrée de ſon agreſſeur, je volai vers elle & me plaçai à ſon côté, lui ſoulevant la tête, ce qu'elle refuſa, en repoſant ſon viſage ſur mon ſein, pour cacher la honte que lui donnoit la ſcene paſſée, juſqu'à ce qu'elle eût repris peu-à-peu ſa hardieſſe, & qu'elle ſe fut reſtaurée par un verre de vin, que mon galant lui préſenta pendant que le ſien rajuſtoit ſes affaires.

Le poſſeſſeur d'*Emilie* la prit alors par la main pour commencer la danſe, & la conduisit vers la couchette. Il commença par mettre en liberté ses tetons, & par défaire tous ses ajustemens incommodes: alors un jour nouveau sembla éclairer la chambre, tant étoit éblouissante la blancheur de son sein. Il mania doucement ses deux globes, mais leur élasticité repoussant ses doigts, il s'y prit d'une maniere plus sûre, & les empoigna de ses deux mains; plaçant entre ses levres leurs boutons de rose. Après quelques instans de ce joli badinage, il leva tout-à-toup ses juppes & sa chemise, jusqu'à la ceinture; si bien que restant nue, dans la partie la plus intéressante, une aimable rougeur couvrit son front, & ses yeux fixés contre terre sembloient demander quartier, tandis qu'elle avoit un droit incontestable à la victoire, par les avantages réels que la nature lui avoit accordés; en effet, l'aimable *Emilie* exposoit à nos yeux les plus rares trésors de la jeunesse & de la beauté; ses cuisses, qu'elle tenoit closes, étoient si blanches!

ſi rondes ! ſi admirablement potellées, que rien au monde ne pouvoit engager davantage à l'attouchement; auſſi le jeune gars profita-t-il de toutes ces beautés, & ôtant doucement la main d'*Emilie*, que ſa pudeur lui avoit fait porter ſur certain endroit, il ne nous donna qu'une lueur de ſa petite fente, qui alloit ſe perdre entre ſes cuiſſes. Mais on voyoit d'autant mieux le duvet noir qui l'ombrageoit, & dont la beauté étoit encore relevée par la blancheur qui l'entouroit. Le drôle eſſaia alors de mieux expoſer au jour cette partie, en écartant ſes cuiſſes; mais il n'en put venir à bout. Il la mit donc ſur le pied du lit, & appuyant ſa tête ſur un couſſin, il nous fit voir le centre de l'attraction & tous les charmes qui l'environnoient. La tournant alors, il offrit à nos yeux la plus belle croupe du monde : ſes deux feſſes charnues, blanches & rebondies, reſſembloient à deux monticules de neige, au bas deſquelles on appercevoit une cavité qui terminoit ce point de vue, & qui s'entr'ouvroit tant soit peu par l'extension de ses cuisses : ce qui nous laissa voir l'intérieur incarnat de sa petite machine. Le galant, qui étoit un gentilhomme d'environ trente ans, & d'une corpulence très-médiocre, choisit cette situation pour exécuter son projet. Il la plaça donc à son gré, & l'encourageant par des baisers & des caresses, il tira son engin, qui se trouvoit dans une parfaite érection, & dont la longueur extraordinaire étoit d'autant plus étonnante, que cette qualité est peu commune aux personnes de sa taille. Ayant choisi une direction convenable, il enfonça son priape jusqu'aux gardes, tenant ses mains serrées autour du corps de la belle, & son ventre se perdant entre ses fesses : ce qui doit avoir donné lieu à une chaleur délectable. Lorsqu'elle sentit qu'il avoit pénétré aussi avant qu'il étoit possible, levant la tête & tournant un peu le cou, elle nous fit voir ses belles joues,

Pl. G. 29

teintes d'une écarlate foncée, & sa bouche, exprimant le sourire du bonheur, sur laquelle il appliqua un baiser de feu. Se retournant alors, elle s'enfonça de nouveau dans son coussin, & resta dans une situation passive, aussi favorable que son amant pouvoit la desirer. Arrivé enfin au moment du bonheur suprême, le gars fit sa décharge, ce qui obligea *Emilie*, qui, dans cet instant, supportoit tout le poids de son corps, de se laisser aller sur la couche, où elle entraîna aussi son amant, & où ils resterent encore quelque tems, leurs corps ainsi joints ensemble, & dans le plus pur extase de la volupté.

Aussi-tôt qu'*Emilie* fut libre, nous l'entourâmes, pour la féliciter sur sa victoire; car il est à remarquer que quoique toute modestie fût bannie de notre société, l'on y observoit néanmoins les bonnes manieres & la politesse : il n'étoit pas permis, ni de montrer de la hauteur, ni de faire aucuns reproches désobligeans sur la condescendance des filles pour les caprices des hommes, lesquels ignorent souvent le tort qu'ils se font, en ne respectant pas assez les personnes qui cherchent à leur plaire.

La compagnie s'approcha ensuite de moi, & mon tour étant venu de me soumettre à la discrétion de mon galant, & de celle de l'assemblée ; le premier m'aborda, & me dit, en me saluant avec tendresse : « qu'il espéroit que je » voudrois bien favoriser ses vœux ; mais » que si les exemples que je venois de » voir, n'avoient pas encore disposé » mon cœur en sa faveur, il aimeroit » mieux se priver de ma possession, que » d'être en aucune façon l'instrument de » mon chagrin ".

Je lui répondis sans hésiter, ou sans faire la moindre grimace : « que si même » je n'avois pas contracté un enga- » gement formel avec lui, l'exemple » d'aussi

„ d'auſſi aimables compagnes ſuffiroit
„ pour me déterminer ; que la ſeule choſe
„ que je craignois, étoit le déſavantage
„ que j'aurois après la vue des beautés
„ que j'avois admirées : & qu'il pouvoit
„ compter que je le penſois comme je
„ venois de le dire". La franchiſe de ma réponſe plut beaucoup ; & mon galant reçut les complimens de félicitation de toute la compagnie.

Madame *Cole* n'auroit pu me choiſir un cavalier plus eſtimable, que le jeune Seigneur qu'elle m'avoit procuré : car indépendamment de ſa naiſſance & de ſes grands biens, il étoit d'une figure des plus agréables, & de la taille la mieux priſe ; enfin, il étoit ce que les femmes nomment un bel homme.

Il me mena vers l'autel où devoit ſe conſommer notre mariage de conſcience ; & comme je n'avois qu'un petit négligé blanc, je fus bientôt miſe en jupon & en chemiſe, qui d'accord aux vœux de toute la compagnie me fûrent encore ôtés par mon amant ; il défit de même ma coëffure & dénoua mes cheveux, que j'avois, ſans vanité, fort beaux.

Je reſtai donc devant mes juges dans l'état de pure nature, & je dois, ſans doute, leur avoir offert un ſpectacle aſſez agréable, n'ayant alors qu'environ dix-huit ans. Mes tetons, ce qui, dans l'état de nudité eſt une choſe eſſentielle, reſtoient fermes & durs, ſans avoir beſoin de l'aide d'un corſet. J'étois d'une taille grande & déliée, ſans être dépourvue d'une chair néceſſaire. Je n'avois point abandonné tellement la pudeur naturelle, que je ne ſouffriſſe une horrible confuſion de me voir dans cet état : mais la bande joyeuſe m'entourant, & me comblant de mille politeſſes & de témoignages d'admiration, ne me donna pas le tems d'y réfléchir beaucoup ; trop orgueilleuſe, d'ailleurs, d'avoir été honorée de l'approbation des connoiſſeurs.

·PL·H· 30

Après que mon galant eut satisfait sa curiosité & celle de la compagnie, en me plaçant de mille manieres différentes, la petitesse du réceptacle des amours me faisant passer pour pucelle, mon antagoniste, animé d'une noble fureur, défit tout-à-coup ses habits, jetta bas sa chemise & sa culotte, & resta nud comme la main, exposant au grand jour son priape décoëffé, dans une érection qui faisoit juger de la chaleur de ses desirs. Je vis alors l'ennemi que j'avois à combattre : il étoit d'une grandeur médiocre, préférable à cette taille gigantesque, qui dénote ordinairement une défaillance prématurée. Collé contre mon sein, il tâcha de faire entrer son idole dans ma chapelle, à quoi je l'aidai en écartant les cuisses & en avançant le croupion, autant qu'il me fût possible. Enfin, il réussit. Alors, fixé sur ce pivot central, je jettai mes bras autour de son cou, & nous fimes trois fois le tour de la couche sans nous quitter. M'ayant posée sur le pied du lit, il commença à jouer ſi furieuſement des reins, que nous atteignîmes bientôt le période délicieux, & que je me ſentis arroſer d'un déluge de perles liquides; mais comme mon feu n'étoit éteint qu'à demi, je tâchai de parvenir à une ſeconde éjaculation; mon antagoniſte me ſéconda ſi bien, que nous nous replongeâmes dans une mer de délices. Me rappellant alors les ſcenes dont j'avois été ſpectatrice, & celle que je repréſentois moi-même en ce moment, je ne pus retenir mes irritations, & je fus prête à déſarçonner mon homme, par les mouvemens violens que je me donnai, lors que je me ſentis de nouveau humecter par l'injection balſamique de mon aimable vainqueur. Après être reſté quelque tems dans une langueur délectable, juſqu'à ce que la force du plaiſir fut un peu modérée, mon amant ſe dégagea doucement d'entre mes cuiſſes, non ſans m'avoir témoigné auparavant ſa ſatisfaction, par mille baiſers

& mille proteſtations d'un amour éternel.

La compagnie qui, pendant notre ſacrifice, avoit gardé un profond ſilence, m'aida à remettre mes habits, & me complimenta de l'hommage que mes charmes avoient reçu, comme elle le diſoit, par la double décharge que j'avois ſubie dans une ſeule jonction. Mon galant me témoigna ſur-tout ſon contentement, & les filles me féliciterent d'avoir été initiée dans les tendres miſteres de leur ſociété.

C'étoit une loi inviolable, dans cette ſociété, de s'en tenir chacun à la ſienne, ſur-tout la nuit, à moins que ce ne fût du conſentement des parties, afin d'éviter le dégoût & la crapule que ce changement pouvoit cauſer.

Il étoit néceſſaire de ſe rafraîchir; on prit le thé, le chocolat, méthode nouvelle pour ſe reſtaurer : enſuite la compagnie ſe ſépara à une heure après minuit & deſcendit deux à deux. Madame *Cole* avoit fait préparer pour mon galant & pour moi, un lit de campagne, où nous paſſames la nuit dans des plaiſirs répétés de mille manieres différentes. Le matin, après que mon cavalier fut parti, je me levai, & comme je m'habillois, je trouvai, dans une de mes poches, une bonne bourſe de guinées, que j'étois occupée à compter, quand Madame *Cole* entra. Je lui fis part de cette aubaine, & lui offris de la partager entre nous; mais elle me preſſa de garder le tout, m'aſſurant que ce Seigneur l'avoit payée fort généreuſement. Après quoi elle me rappella les ſcenes de la veille, & me fit connoître qu'elle avoit tout vu, par une cloiſon faite exprès, qu'elle me montra.

A peine Madame *Cole* eut-elle fini, que la troupe folâtre de filles entra, & renouvella ſes careſſes à mon égard; j'obſervai avec plaiſir que les fatigues de la nuit précédente n'avoient en aucune façon altéré la fraîcheur de leur teint : ce qui venoit, à ce qu'elles me dirent, des ſoins & des conſeils que notre bonne mere abbeſſe leur donnoit. Elles deſcendirent dans la boutique, tandis que je reſtai dans ma chambre à me dorlotter juſqu'à l'heure du dîner.

Le repas fini, il me prit un léger mal de tête, qui me fit réſoudre à me mettre quelques momens ſur mon lit. M'étant couchée avec mes habits, & ayant goûté environ une heure les douceurs du ſommeil, mon galant vint, & me voyant ſeule, la tête tournée du côté de la muraille, & le derriere hors du lit, il défit incontinent ſa culotte & jetta bas ſes habits, afin de mieux goûter le plaiſir de la jouiſſance; puis levant mes juppes & ma chemiſe, il mit au jour l'arriere avenue de l'agréable recoin des délices. Se poſant alors doucement entre mes feſſes, il m'inveſtit par derriere ; & comme il appuyoit ſon ventre contre mes cuiſſes, pour faire entrer ſon braquemart, je ſentis ſa chaleur naturelle qui m'éveilla en ſurſaut ; mais ayant vû qui c'étoit, je voulus me tourner vers lui, lorſqu'il me pria de garder la poſture que je tenois, &, levant ma cuiſſe ſupérieure, il introduiſit ſon priape juſqu'à la garde. Après que j'eus reſté quelque tems dans cette poſition, je commençai à m'impatienter, & à jouer des reins, à quoi mon ami m'aida de ſi bon cœur, qu'une décharge liquide des deux côtés calma bientôt nos tranſports amoureux.

Je fus aſſez heureuſe pour conſerver mon amant juſqu'à-ce que des intérêts de famille & une riche héritiére qu'il épouſa en Irlande, l'obligerent à me quitter. Nous avions vécu à-peu-près quatre mois enſemble, pendant leſquels notre petit conclave s'étoit inſenſiblement ſéparé. Néanmoins Madame *Cole* avoit un ſi

grand nombre de bonnes pratiques, que cette désertion ne nuisit en nulle maniere à son négoce. Pour me consoler de mon veuvage, Madame *Cole* imagina de me faire passer pour vierge; mais je fus destinée, comme il le semble, à être ma propre pourvoyeuse sur ce point.

J'avois passé un mois dans l'inaction, aimée de mes compagnes, & chérie de leurs galans, dont j'éludai toujours les poursuites, lorsque, passant un jour, à cinq heures du soir, chez une fruitiere dans *Covent-garden*, j'eus l'aventure suivante.

Tandis que je choisissois quelques fruits dont j'avois besoin, je remarquai que j'étois suivie par un jeune gentilhomme habillé très-richement, mais, au reste, qui n'avoit rien de remarquable, étant d'une figure fort exténuée, & fort pâle de visage. Après m'avoir contemplée quelque tems, il s'approcha du panier où j'étois, & fit semblant de marchander quelques fruits. Comme j'avois un air modeste, & que je gardois le *decorum* le plus honnête, il ne put soupçonner la condition dont j'étois. Il me parla enfin, ce qui jetta un rouge apparent de pudeur sur mes joues, & je répondis si sottement à ses demandes, qu'il lui fut plus que jamais impossible de juger de la vérité ; ce qui fait bien voir qu'il y a une certaine sorte de prévention dans l'homme, qui, lorsqu'il ne juge que par ses premieres idées, le mêne souvent d'erreur en erreur, sans que sa grande sagesse s'en apperçoive. Parmi les questions qu'il me fit, il me demanda si j'étois mariée ? je répondis que j'étois trop jeune pour y penser encore. Quant à mon âge, je jugeai ne devoir me donner que dix-sept ans. Pour ce qui regardoit ma condition, je lui dis que j'avois été à *Preston*, dans une boutique de modes, & que présentement j'exerçois le même métier à *Londres*. Après qu'il eut satisfait avec adresse, comme il le pensoit, à sa curiosité, & qu'il eut appris

•PL•L• 32

mon nom & ma demeure, il me chargea des fruits les plus rares qu'il put trouver, & partit fort content, ſans doute, de cette heureuſe rencontre.

Dès que je fus arrivée à la maiſon, je fis part à Madame *Cole* de l'aventure que j'avois eue ; d'où elle conclut ſagement, que s'il ne venoit point me trouver, il n'y avoit aucun mal ; mais que s'il paſſoit chez elle, il faudroit examiner ſi l'oiſeau valoit bien les filets.

Notre drôle vint le lendemain matin, dans ſa voiture, & fut reçu par Madame *Cole*, qui s'apperçut bientôt que j'avois fait une trop vive impreſſion ſur ſes ſens, pour craindre de le perdre : car, pour moi, j'affectois de tenir la tête baiſſée, & ſemblois redouter ſa vue. Après qu'il eut donné ſon adreſſe à Madame *Cole*, & payé fort libéralement ce qu'il venoit d'acheter, il retourna dans ſon carroſſe.

J'appris bientôt que ce Seigneur n'étoit autre choſe que Mr. *Norbert*, d'une fortune confidérable, mais d'une conftitution très-foible, & lequel, après avoir épuifé toutes les débauches poffibles, étoit tombé dans les manies des pucellages. Madame *Cole* conclut de ces prémiffes, qu'un tel caractere étoit une jufte proie pour elle ; que ce feroit un péché mortel de n'en point tirer la quinteffence ; & qu'une fille comme moi n'étoit que trop bonne pour lui.

Elle fut donc chez lui à l'heure indiquée. Après avoir admiré l'ameublement riche & luxurieux de fes appartemens, & s'être plainte de l'ingratitude de fon métier, la converfation tomba infenfiblement fur moi. Alors elle fit jouer fa langue, s'armant de toutes les apparences d'une vertu rigide, louant, fur-tout, mes charmes & ma modeftie; & finit par lui donner l'efpérance de quelques rendez-vous, qui ne devoient cependant pas, difoit-elle, tirer à conféquence.

Comme elle craignoit que de trop

grandes difficultés ne le dégoûtaſſent, ou que quelque accident imprévu ne fit éventer notre méche, elle fit ſemblant de ſe laiſſer gagner par ſes promeſſes, ſes bonnes manieres, mais ſur-tout par la ſomme conſidérable que cela lui vaudroit.

Ayant donc mené notre Fréluquet par les différentes gradations des difficultés néceſſaires pour l'enflammer davantage, elle acquieſça enfin à ſa demande, à condition qu'elle ne parût entrer pour rien dans l'affaire qu'on tramoit contre moi. Mr. *Norbert* étoit naturellement aſſez clair-voyant, & connoiſſoit parfaitement les intrigues de la ville; mais ſa paſſion, qui l'aveugloit, nous aida à le tromper. Tout étant au point déſiré, Madame *Cole* lui demanda trois cent guinées pour ma part, & cent pour récompenſer ſes peines & les ſcrupules de conſcience qu'elle avoit dû vaincre avec bien de la répugnance. Cette ſomme devoit être comptée claire & nette à la réception qu'il feroit de ma perfonne, qui lui avoit paru plus modefte & plus charmante encore pendant quelques momens que nous nous vîmes chez notre ambaffadrice, que lorfque nous parlâmes chez la fruitiere ; du moins l'affuroit-il ainfi.

Lorfque tous les articles de notre traité furent pleinement conclus & ratifiés, & que la fomme eut été payée, il ne refta plus qu'à livrer ma perfonne à fa difpofition. Mais Madame *Cole* fit difficulté de me laiffer fortir de la maifon, & prétendit que la fcéne fe paffât chez nous, quoiqu'elle n'auroit point voulu, pour tout au monde, comme elle le difoit, que fes gens en fçuffent quelque chofe --- fa bonne renommée feroit perdue pour jamais, & fa maifon diffamée---.

La nuit fixée, avec tout le refpect dû à l'impatience de notre héros, Madame *Cole* ne négligea ni foin ni confeil pour que je me tirâffe avec honneur de ce pas, & que ma prétendue virginité ne tombât point à faux. La nature m'avoit formé cette partie si étroite, que je pouvois me passer de ces remedes vulgaires, dont l'imposture se découvre si aisément par un bain chaud; & notre abbesse m'avoit encore fourni pour le besoin, un spécifique, qu'elle avoit toujours trouvé infaillible.

Toutes choses préparées, Mr. *Norbert* entra dans ma chambre à onze heures de la nuit, avec tout le secret & tout le mistere nécessaires. J'étois couchée sur le lit de Madame *Cole*, dans un déshabillé des plus galans, & avec toute la crainte que mon rôle devoit m'inspirer: ce qui me remplit d'une confusion si grande, qu'elle n'aida pas peu à tromper mon galant. Je dis galant, car je crois que le mot de dupe est trop cruel envers l'homme, dont la foiblesse fait souvent notre unique gloire.

Aussi-tôt que Madame *Cole*, après les singeries que cette scéne demandoit, eut quitté la chambre, qui étoit bien éclairée à la réquisition de Mr. *Norbert*, il vint sautiller vers le lit, où je m'étois cachée sous les draps, & où je me défendis quelque tems avant qu'il pût parvenir à me donner un baiser ; tant il est vrai qu'une fausse vertu est plus capable de résistance, qu'une modestie réelle ; mais ce fut bien pis, lorsqu'il voulut en venir à mes tetons ; car j'employai pieds & poings pour le repousser ; si bien que fatigué du combat, il défit ses habits & se mit à mes côtés.

Au premier coup d'œil que je jettai sur sa personne, je m'apperçus bientôt qu'il n'étoit point de la figure ni de la vigueur que l'enlévement des pucellages exige ; & que sa machine mollasse avoit plutôt l'air d'un invalide étique, que d'un volontaire capable d'un service aussi vigoureux.

Quoiqu'il eût à peine trente ans, il étaloit cependant déja sa précoce vieillesse,

lesse, & se voyoit réduit à des provocatifs que la nature sécondoit très-peu. Son corps étoit usé par les excès répétés du plaisir charnel, excès qui avoient imprimé sur son front les marques du tems, & qui ne lui laissoient au printems de l'âge, que le feu & l'imagination de la jeunesse, ce qui le rendoit malheureux, & le précipitoit vers une mort prématurée.

Lorsqu'il fut au lit, il jetta bas les couvertures, & je restai exposée à sa vue. Ma chemise lui cachant mon sein & l'antre secret des voluptés, il me la passa dessus la tête, mais en usa du reste, avec toute la tendresse & tous les égards possibles; tandis que de mon côté je ne lui montrai que de la crainte & de la retenue : affectant toute l'appréhension, & tout l'étonnement qu'on peut supposer à une fille parfaitement innocente, & qui se trouve pour la premiere fois au lit avec un homme nud. Vingt fois je repousſai ſes mains de mes tetons, qu'il trouva auſſi fermes & auſſi polis qu'il pouvoit le déſirer : mais lorſqu'il ſe jetta ſur moi, & qu'il voulut introduire ſon doigt dans ma fente, pour commencer l'ouverture, je me plaignis amérement de ſa façon d'agir. « J'étois perdue. --- j'avois ignoré » ce que j'avois fait. --- Je me leverois, » je crierois au ſecours". --- Au même moment je ſerrai tellement les cuiſſes, qu'il lui fut impoſſible de les ſéparer. Trouvant ainſi mes avantages, & maîtreſſe de ſa paſſion comme de la mienne, je le menai par gradations où je voulus : tandis que ſa machine, qui étoit d'une figure fort meſquine, s'enfla & ſe roidit joliment par l'attouchement de mon duvet. Voyant enfin qu'il ne pouvoit vaincre ma réſiſtance, il commença par m'argumenter ; à quoi je repondis avec un ton de modeſtie, » que j'avois » peur qu'il ne me tuât ; --- que je ne » voulois pas cela ; --- que de mes jours » je n'avois été traitée de la ſorte ; ---

» que je m'étonnois de ce qu'il ne rou-
» giſſoit pas pour lui & pour moi —». C'eſt ainſi que je l'amuſai quelques momens; mais, peu à peu, je ſéparai enfin mes cuiſſes au point, qu'il pouvoit toucher ma fente avec le bout de ſon mince priape; cependant comme il ſe fatiguoit vainement pour le faire entrer, je donnai un coup de reins, qui l'engloutit, & je jetai en même tems un cri, diſant qu'il, m'avoit percée juſqu'au cœur; ſi bien qu'il ſe trouva deſarçonné par le contre-coup qu'il avoit reçu de ma douleur ſimulée. Touché du mal qu'il crut m'avoir fait, il tâcha de me calmer par de bonnes paroles, & me pria d'avoir patience. Etant donc remonté en ſelle, & ayant écarté mes cuiſſes, il recommença ſes manœuvres; mais il n'eut pas plutôt percé l'orifice, que mes feintes douleurs eurent de nouveau lieu. — » Il
» m'avoit bleſſée; — Il me tuoit; — J'en devois mourir — ». Telles étoient mes fréquentes interjections. Mais après

plusieurs tentatives réitérées, qui ne l'avançoient en rien, le plaisir gagna tellement le dessus chez lui, qu'il fit un dernier effort, qui donna assez d'entrée à sa machine pour que je sentîsse à l'orifice la chaude injection qu'il venoit de faire, & que j'eus la cruauté de ne pas lui laisser achever en cet endroit, le jettant de nouveau bas, non sans pousser un grand cri, comme si j'étois transportée par le mal qu'il me causoit. C'est de la sorte que je lui procurai un plaisir qu'il n'auroit certainement pas goûté si j'avois été pucelle. Calmé par cette premiere décharge, il m'encouragea à soutenir une seconde attaque, & tâcha, pour cet effet, de rassembler toutes ses forces, en examinant avec soin, & en maniant toutes les parties de mon corps, qui pouvoient l'exciter. Sa satisfaction fut complette, ses baisers & ses caresses me l'annoncerent. Sa vigueur ne revint néanmoins pas si-tôt, & je ne le sentis qu'une fois frapper au but, encore si foiblement, que quand je l'aurois ouvert de mes doigts, il n'y ſeroit pas entré ; mais il me crut ſi peu inſtruite des choſes, qu'il n'en eut aucune honte. Je le tins le reſte de la nuit ſi bien en haleine, qu'il étoit déja jour lorſqu'il fit ſa ſeconde ſalve, à moitié chemin ; tandis que je criois toujours qu'il m'écorchoit & que ſa vigueur m'étoit inſupportable. Haraſſé & fatigué, mon drôle me donna un baiſer, me recommanda le repos, & s'endormit profondément. Alors je ſuivis le conſeil de la bonne Madame *Cole*, & donnai aux draps les prétendus ſignes de ma virginité.

Dans chaque pillier du lit, il y avoit un petit tiroir, ſi artificiellement conſtruit, qu'il étoit impoſſible de le diſcerner, & qui s'ouvroit par un reſſort caché. C'étoit-là que ſe trouvoient des fioles remplies d'un ſang liquide, & des éponges, qui, preſſées entre les cuiſſes, fourniſſoient plus de matiere qu'il n'en falloit pour ſauver l'honneur d'une fille. J'uſai donc avec dextérité de ce remede, & fus aſſez heureuſe pour n'être pas ſurpriſe dans mon opération ; ce qui, certainement m'auroit couverte de honte & de confuſion.

Etant à l'aiſe & hors de tout ſoupçon de ce côté-là, je tâchai de m'endormir, mais il me fut impoſſible d'y parvenir. Mon cavalier s'éveilla une demi heure après, & ne reſpectant pas long-tems le ſommeil que j'affectois, il voulut me préparer à l'entiere conſommation de notre affaire. Je lui répondis en ſoupirant, » que je n'en pouvois plus ; --- que j'étois » certaine qu'il m'avoit bleſſée & fen» due ; --- qu'il étoit ſi méchant ! " --- En même tems je me découvris, & lui montrant le champ de bataille, il vit les draps, mes cuiſſes & ma chemiſe teints de la prétendue marque de ma virginité ravie ; il en fut transporté à un point, que rien ne pouvoit égaler ſa joie. L'illusion étoit complette : il ne put se former d'autre idée que celle d'avoir triomphé le premier de ma personne. Me baisant donc avec transport, il me demanda pardon de la douleur qu'il m'avoit causée ; me disant que le pire étant passé, je n'aurois plus que des voluptés à goûter. Peu à peu je le souffris, & j'écartai insensiblement les cuisses, ce qui lui donna l'aisance de pénétrer plus avant. De nouvelles contorsions furent mises en jeu ; & je ménageai si bien l'introduction, qu'elle ne se fit que pouce à pouce. Enfin, par un coup de reins à propos, je fis entrer sa foible machine jusqu'à la garde ; & donnant, comme il le disoit, *le coup de grace* à ma virginité, je poussai un soupir douloureux ; tandis que lui, triomphant comme un coq qui bat de l'aîle, poursuivit paisiblement ses frictions, jusqu'au moment de l'éjaculation, dont je sentis à peine les effets, que j'affectai d'être plongée dans une langoureuse ivreſſe, & que je me plaignis de ne plus être fille.

Vous me demanderez, peut-être, ſi je goûtai quelque plaiſir? Je vous aſſure que ce fut peu ou point; ſi ce n'eſt dans les derniers momens, où j'étois échauffée par une paſſion méchanique, que m'avoit cauſée ma longue réſiſtance; car au commencement j'eus de l'averſion pour ſa perſonne, & ne conſentis à ſes embraſſemens que dans la vue du gain qui y étoit attaché; ce qui ne laiſſoit pas de me faire de la peine & de m'humilier, me voyant obligée à de telles charlatanneries qui n'étoient point de mon goût.

A la fin je fis ſemblant de me calmer un peu par les careſſes continuelles qu'il me prodiguoit, & je lui reprochai alors ſa cruauté, dans des termes qui flattoient ſon orgueil, diſant, qu'il m'étoit impoſſible de ſouffrir une nouvelle attaque; qu'il m'avoit accablée de douleur & de plaiſir. Il m'accorda donc généreuſement une ſuſpenſion d'armes; & comme la matinée étoit fort avancée, il demanda Madame *Cole*, à qui il fit connoître ſon triomphe, & conta les proueſſes de la nuit, ajoutant qu'elle en verroit les marques ſanglantes ſur les draps du lit, où le combat s'étoit donné.

Vous pouvez aiſément vous imaginer les ſingeries qu'une femme de la trempe de notre vénérable abbeſſe, mit en jeu dans ce moment. Ses exclamations de honte, de regret, de compaſſion, ne finirent point; elle me félicitoit ſur-tout de ce que l'affaire ſe fût paſſée ſi heureuſement; & c'eſt en quoi je m'imagine qu'elle fût bien ſincere. Alors elle fit auſſi comprendre, que comme ma premiere peur de me trouver ſeule avec un homme, étoit paſſée, il valoit mieux que j'allâſſe chez notre ami, pour ne point cauſer de ſcandale à ſa maiſon; mais ce n'étoit réellement que parce qu'elle craignoit que notre train de vie ordinaire ne ſe découvrît aux yeux de Mr. *Norbert*, qui acquiesça volontiers à cette proposition, puisqu'elle lui procuroit plus d'aisance & de liberté sur moi.

Me laissant alors à moi-même pour goûter un repos dont j'avois besoin, Mr. *Norbert* sortit de la maison sans être apperçu. Après que je me fus éveillée, Madame *Cole* vint me louer de ma bonne maniere d'agir, & refusa généreusement la part que je lui offris de mes trois cens guinées, qui jointes à ce que j'avois déja épargné, ne laissoient pas que de me faire une petite fortune honnête.

J'étois donc de nouveau sur le ton d'une fille entretenue, & j'allois ponctuellement voir Mr. *Norbert* dans sa chambre, toutes les fois qu'il me le faisoit dire par son laquais, que nous eûmes toujours soin de prévenir à la porte, pour qu'il ne vît jamais ce qui pouvoit se passer dans l'intérieur de la maison.

Si j'ose juger de ma propre expérience, il n'y a point de filles mieux payées, ni mieux traitées que celles qui ſont entretenues par de vieux paillards, ou par de jeunes énervés, qui ſont le moins en état d'uſer du ſexe : aſſurés qu'une femme doit être ſatisfaite d'un côté ou de l'autre, ils ont mille petits ſoins, & n'épargnent ni careſſes, ni préſens pour remédier autant qu'il eſt poſſible au point capital. Mais le malheur de ces bonnes gens eſt, qu'après avoir eſſayé les attouchemens laſcifs, les poſtures & les mouvemens lubriques, pour ſe mettre en train, ſans pouvoir accomplir l'affaire, ils ont tellement échauffé l'objet de leur paſſion, qu'il ſe voit obligé de chercher dans des bras plus vigoureux, un remede ſatisfaiſant au feu qu'ils ont allumé dans ſes veines; & de planter, ſur ces chefs uſés, un ornement dont ils ſont fort peu curieux : car, quoique l'on en diſe, nous avons en nous une paſſion contrariante, qui ne nous permet pas de nous contenter de paroles, & de prendre la volonté pour le fait.

Mr. *Norbert* ſe trouvoit dans ce cas malheureux ; car quoiqu'il cherchât tous les moyens de réuſſir, il ne pouvoit cependant parvenir à ſon but, ſans avoir épuiſé toutes les préparations néceſſaires, qui m'étoient auſſi déſagréables qu'enflammatoires. Quelquefois il me plaçoit ſur un tapis près du feu, où il me contemploit des heures entieres, & me faiſoit ténir toutes les poſtures imaginables. D'autres fois même ſes attouchemens étoient ſi laſcifs & ſi luxurieux, que leurs titillations me rempliſſoient ſouvent d'une rage, qu'il ne pouvoit jamais calmer ; car, quand même ſa pauvre machine avoit atteint une certaine érection, elle s'anéantiſſoit d'abord par une effuſion avortive, qui ne faiſoit qu'accroître mon tourment ; ou qui, lorſque par bonheur, elle s'étoit gliſſée dans ma fente, ne répandoit que quelques tiédes goutes d'une liqueur inſuffiſante pour éteindre la flamme qui me dévoroit.

Un ſoir (je ne puis m'empêcher de le

rappeller à ma mémoire) un ſoir que je retournois de chez lui, remplie du deſir de la chair, je rencontrai en tournant la rue, un jeune matelot. J'étois miſe de maniere à ne point être accrochée par des gens de ſa ſorte; il me parla néanmoins, & me jettant la main autour du col, il me baiſa avec tranſport. Je fus fâchée au commencement de ſa façon d'agir; mais l'ayant regardé, & voyant qu'il étoit d'une figure qui promettoit quelque vigueur, d'ailleurs bien fait & fort proprement mis, je finis par lui demander avec douceur ce qu'il vouloit? Il me répondit franchement, qu'il vouloit me régaler d'un verre de vin. Il eſt certain, que ſi j'avois été dans une ſituation plus tranquille, je l'aurois refuſé avec hauteur: mais la chair parloit, & la curioſité d'éprouver ſa force, & de me voir traitée comme une coureuſe de rue, me fit réſoudre à le ſuivre. Il me prit donc ſous le bras & me conduiſit familiérement dans la premiere *Taverne*, où l'on nous donna une petite chambre avec un bon feu. Là, ſans attendre qu'on nous eut apporté le vin, il défit mon mouchoir, & mit à l'air mes tetons qu'il baiſa & mania avec ardeur; puis, ne trouvant que trois vieilles chaiſes, qui ne pouvoient ſupporter les chocs du combat, il me planta contre le mur, & levant mes juppes, me fit voir ſon ſuperbe brandon, qu'il approcha de mon deſſous, & qu'il fit agir avec toute l'impétuoſité qu'un long jeûne de mer pouvoit lui fournir. Après m'avoir donné une décharge des plus copieuſes, qui m'inonda; changeant d'attitude & me couchant ſur la table, il me fit de nouveau ſentir la roideur de ſon engin, qui me perça juſqu'au cœur, & qui me lança bientôt une ſeconde éjaculation, non moins grande que la premiere; ce qui, joint à ce que je venois de répandre, cauſa un déluge de liqueur balſamique, qui s'écoula le long de mes cuiſſes.

Après que tout ſe fut paſſé, & que je fus devenue un peu calme, je commençai à craindre les ſuites funeſtes que cette connoiſſance pouvoit me coûter, & je tâchai en conſéquence de me retirer le plutôt poſſible. Mais mon inconnu n'en jugea pas ainſi : il me propoſa d'un air ſi déterminé de ſouper avec lui, que je ne ſçus comment me tirer de ſes mains. Je tins pourtant bonne contenance, & promis de revenir dès que j'aurois fait une commiſſion preſſante chez moi. Le bon matelot qui me prenoit pour une fille publique, me crut ſur ma parole, & m'attendit ſans doute au ſouper qu'il avoit commandé pour nous deux.

Lorſque j'eus conté mon aventure à Madame *Cole*, elle me gronda de mon indiſcrétion, & me remontra le ſouvenir douloureux qu'elle pourroit me valoir ; me conſeillant de ne pas ouvrir ainſi les cuiſſes au premier venu. Je goûtai fort ſa morale, & fus même inquiéte pendant quelques jours ſur ma ſanté.

Heureuſement mes craintes ſe trouvèrent mal-fondées, mon cher marin ne m'ayant laiſſé aucune trace d'infection maligne ; c'eſt pourquoi je repare ici le tort que j'avois fait à ſa mémoire.

J'avois vécu quatre mois avec Mr. *Norbert*, paſſant mes jours dans des plaiſirs variés chez Madame *Cole*, & dans des ſoins aſſidus pour mon entrepreneur, qui me payoit graſſement les complaiſances que j'avois pour lui ; & qui fut ſi ſatisfait de moi, qu'il ne voulut jamais chercher d'autre amuſement. J'avois ſçu lui inſpirer une telle œconomie dans ſes plaiſirs, & modérer ſes paſſions, de façon qu'il commençoit à devenir plus délicat dans la jouiſſance, & à reprendre une vigueur & une ſanté qu'il sembloit avoir perdu pour jamais : ce qui lui avoit rempli le cœur d'une ſi vive reconnoiſſance, qu'il étoit prêt de faire ma fortune, lorſque le ſort écarta le bonheur qui m'attendoit.

La

La sœur de Mr. *Norbert*, pour laquelle il avoit une grande affection, le pria de l'accompagner à *Bath*, où elle comptoit passer quelque tems pour sa santé. Il ne put refuser cette faveur, & prit congé de moi, le cœur fort gros de me quitter, en me donnant une bourse considérable, quoiqu'il crût ne rester que huit jours hors de Ville. Mais le bon homme me quitta pour jamais, & fit un voyage dont personne ne revient. Ayant fait une débauche de vin avec quelques-uns de ses amis, il but si copieusement qu'il en mourut au bout de quatre jours. J'éprouvai donc de nouveau les révolutions qui sont attachées à la condition de fille de joie; & je retournai, en quelque maniere, dans le sein de la communauté de Madame *Cole*.

Je restai vacante quelque tems, & me contentai d'être la confidente de ma chere *Henriette*, qui me contoit les plaisirs suivis qu'elle goûtoit avec son petit Baron, qui l'aimoit conſtamment; lorſqu'un jour Madame *Cole* me dit, qu'elle attendoit dans peu, en Ville, un de ſes anciens chalands, nommé Mr. *Barville*; & qu'elle craignoit ne pouvoir lui procurer une compagne convenable, parce que ce Seigneur avoit contracté un goût fort biſarre, qui conſiſtoit à ſe faire fouetter, & à fouetter les autres juſqu'au ſang: ce qui faiſoit qu'il y avoit très-peu de filles qui voulûſſent ſoumettre leur poſtérieur à des fantaiſies, & acheter, aux dépends de leur peau, les préſens conſidérables qu'il faiſoit. Mais le plus étrange de l'affaire, c'eſt que ce gentilhomme étoit jeune : car paſſe encore pour ces vieux pécheurs, qui ne peuvent ſe mettre en train que par les dures titillations que ce manege excite.

Quoique je n'euſſe en aucune façon beſoin de gagner à tel prix de quoi ſubſiſter, & que ce procédé me parût auſſi déplacé que vilain dans ce jeune homme, je consentis, & proposai même de me soumettre à l'expérience, soit par caprice, soit par une vaine ostentation de courage. Madame *Cole*, surprise de ma résolution, accepta avec plaisir une proposition, qui la délivroit de la peine de chercher ailleurs.

Le jour fixé, notre flagellant vint, & je lui fus présentée par Madame *Cole*, dans un déshabillé fort galant, & convenable à la scène que j'allois jouer.

Dès que Mr. *Barville* m'eût vue, il me salua avec respect & étonnement; & demanda à mon introductrice, si une créature aussi belle & aussi délicate que moi, voudroit bien se soumettre aux rigueurs & aux souffrances qu'il étoit accoutumé d'exercer. Elle lui répondit ce qu'il falloit, & lisant dans ses yeux qu'elle ne pouvoit se retirer assez tôt, elle sortit, après lui avoir recommandé d'en user modérément avec une jeune novice.

Tandis que Mr. *Barville* m'examinoit, je parcourus avec curiosité la figure d'un homme, qui, au printems de l'âge, s'amusoit d'un exercice qu'on ne connoît que dans les écoles.

C'étoit un fort beau garçon, très-bien découplé & d'un embonpoint qui faisoit plaisir à voir. Il avoit vingt-trois ans, quoiqu'on ne lui en eût donné que vingt, à cause de la blancheur de sa peau & de l'incarnat de son teint, qui joints à sa rotondité, l'auroient fait prendre pour un *Bacchus*, si un air d'austérité ou de rudesse, ne se fut opposé à la parfaite ressemblance. Son habillement étoit propre, mais fort au-dessous de sa fortune: ce qui venoit plutôt d'un goût bizarre, que d'une sordide avarice.

Dès que Madame *Cole* fut sortie, il se plaça près de moi, & son visage commença à se dérider. J'appris par la suite, lorsque je connus mieux son caractere, qu'il étoit réduit par sa constitution naturelle ; à ne pouvoir goûter les plaisirs de l'amour, avant que de s'être préparé par la voie extraordinaire de la flagellation.

Après m'avoir disposée à la constance par des apologies & des promesses, il se leva & se mit près du feu, tandis que j'allai prendre dans une armoire voisine les instrumens de discipline, composés de petites verges de bouleau liées ensemble, qu'il mania avec autant de plaisir, qu'elles me causoient de terreur.

Il approcha alors un banc destiné pour la cérémonie, ôta ses habits, & me pria de déboutonner sa culotte & de rouler sa chemise par dessus ses hanches ; ce que je fis en jettant un regard sur l'instrument pour lequel cette préparation se faisoit. Je vis le pauvre diable qui s'étoit, pour ainsi dire, retiré dans son ventre ; montrant à peine le bout de sa tête, au travers du poil où il se perdoit : tel que vous aurez vu au printems un roitelet qui éléve le bec hors de l'herbe.

Il s'arrêta ici pour défaire ſes jarretieres, qu'il me donna, afin que je le liâſſe par les jambes ſur le banc : circonſtance qui n'étoit néceſſaire, comme je le ſuppoſe, que pour augmenter la farce qu'il s'étoit preſcrite. Je le plaçai alors ſur ſon ventre, le long du banc, je lui liai pieds & poings, & j'abattis ſa culotte juſques ſur ſes talons : ce qui expoſa à ma vue deux feſſes charnues & fort blanches, qui ſe terminoient inſenſiblement vers les hanches.

Prenant alors les verges, je me mis à côté de mon patient, & lui donnai, ſuivant ſes ordres, dix coups appliqués de toute la force que mon bras put fournir : ce qui ne fit non plus d'effet ſur lui, que la piqûure d'une mouche n'en fait ſur les écailles d'une écreviſſe. Je vis avec étonnement ſa dureté, car les verges avoient déchiré ſa peau, dont le ſang étoit prêt à couler ; & je retirai pluſieurs eſquilles de bois ſans qu'il ſe plaignît du mal qu'il devoit ſouffrir.

Je fus tellement émue à cet aspect pitoyable, que je me répentois déja de mon entreprise, & que je me serois volontiers dispensée de faire le reste : mais il me pria de continuer mon office, ce que je fis jusqu'à-ce que le voyant se frotter contre le banc, d'une maniere qui ne dénotoit aucune douleur; curieuse de savoir ce qui en étoit, je glissai doucement la main sous une de ses cuisses, & trouvai les choses bien changées à mon grand étonnement; cette machine que je croyois impalpable, ayant pris une consistance si surprenante, que sa tête auroit suffi seule pour remplir l'intérieur de ma coquille; & lorsqu'en s'agitant de côté & d'autre, il l'eut fait paroître à mes yeux, j'en fus effrayée, car elle étoit courte, & d'une grosseur qui répondoit à l'embonpoint du maître; mais dès qu'il sentit ma main, il me pria de continuer vivement ma correction, si je voulois qu'il atteignît le dernier période du plaisir.

Reprenant donc les verges, je commençai d'en jouer de plus belle, quand, après quelques violentes émotions, & deux ou trois ſoupirs, je vis qu'il reſta ſans mouvement. Il me pria alors de le délier, ce que je fis au plus vîte, ſurpriſe de la force paſſive dont il venoit de jouir, & de la maniere cruelle qu'il ſe la procuroit; car lorſqu'il ſe leva, à peine pouvoit-il marcher, tant j'y avois été de bon cœur.

J'apperçus alors ſur le banc les marques de la copieuſe effuſion qu'il venoit de répandre, & je vis ſon vilain membre qui s'étoit déja de nouveau caché dans ſon poil, comme s'il avoit été honteux de montrer ſa groſſe tête: ne voulant ceder qu'aux coups réiterés ſur ſes deux voiſines poſtérieures, qui ſouffroient ſeules du caprice de ce priape entêté.

Mon gaillard ayant repris ſes habits ſe plaça doucement près de moi, avec une feſſe ſur le couſſin, qui étoit encore trop dur pour ſon derriere en marmelade.

Il me remercia alors beaucoup du plaiſir que je venois de lui donner; & voyant quelques marques de terreur ſur mon viſage, il me dit, que ſi je craignois de me ſoumettre à ſa diſcipline, il ſe paſſeroit de cette ſatisfaction; mais que ſi j'étois aſſez complaiſante pour cela, il ne manqueroit pas de conſiderer la différence du ſexe, & la délicateſſe de ma peau. Encouragée, ou plutôt piquée d'honneur de tenir la promeſſe que j'avois faite à Madame *Cole*, qui, comme je ne l'ignorois point, voyoit tout par le trou pratiqué pour cet effet, je ne pus me défendre de ſubir la fuſtigation.

J'acceptai donc ſa demande, avec un courage qui partoit de mon imagination plutôt que de mon cœur: je le pria même de ne point tarder, craignant que la réflexion ne me fit changer d'idée.

Il n'eut qu'à défaire mes juppes & lever ma chemiſe jusqu'au nombril, ce qu'il fit : lorſqu'il vit mon poſtérieur à nud, il le contempla avec joie : puis me coucha ſur le banc, poſant ma tête ſur le couſſin. J'attendois qu'il me liât, & j'étendois même déja en tremblant les mains pour cet effet ; il me dit qu'il ne vouloit pas pouſſer ma conſtance juſqu'à ce point, mais me laiſſer libre de me lever quand le jeu me déplairoit.

Tout mon derriere nud étoit pleinement à ſa diſpoſition : il ſe plaça au commencement à une petite diſtance de ma perſonne, & ſe délecta à parcourir les plus ſecrets recoins de la partie que je lui avois abandonnée ; puis ſautant vers moi, il la couvrit de mille tendres baiſers, & prenant alors les verges, il commença à badiner légérement ſur ces deux maſſes tremblantes ; mais bientôt redoublant peu à peu ſes coups, mes pauvres feſſes ſanglantes s'ouvrirent en mille plaies. Alors s'élançant ſur elles il les baiſa en les ſuçant, ce qui ſoulagea un peu ma douleur. Il me fit poſer enſuite ſur mes genoux, les cuiſſes écartées, ce qui mit au jour le centre des plaiſirs, ſur lequel le barbare dirigea ſes coups, qui me faiſoient faire mille contorſions variées, dont la vue le raviſſoit.

Il jetta alors ſes verges, mania mes groſſes levres, ſur leſquelles il appliqua les ſiennes; puis les ouvrit, les branla, ſe joua dans la mouſſe qui les couvre, & reprit enfin ſa férule, dont il recommença à me fuſtiger ſur nouveaux fraix. Je ſupportai tout & ne donnai aucune marque de mécontentement: bien réſolue néanmoins de ne plus m'expoſer à des caprices auſſi étranges.

Vous pouvez bien penſer dans quel pitoyable état mon pauvre poſte-face fut réduit: écorché, glonflé & ſanglant, ſans que je ſentîſſe la moindre idée de volupté ; quoique l'auteur de mes peines me fit mille complimens & mille caresses.

Dès que j'eus repris mes habits, Madame *Cole* apporta elle-même un souper qui auroit satisfait la sensualité d'un Cardinal, sans compter les vins délicieux qui l'accompagnerent. Après nous avoir servi, notre discrete abbesse sortit sans dire un mot ni sans avoir souri : précaution nécessaire pour ne point me remplir d'une confusion, qui auroit nui à la bonne chere.

Je me mis à côté de mon boucher, car il me fut impossible de regarder d'un autre œil un homme qui venoit de me traiter si rudement, & mangeai quelque tems en silence, fort piquée des sourires qu'il me lançoit de tems en tems.

Mais à peine le souper fut-il fini, que je me sentis possédée d'une si terrible démangeaison, & de titillations si fortes, qu'il me fut pour ainsi dire impossible de me contenir : la douleur des coups de verges s'étoit changée en un feu qui me dévoroit & qui me faiſoit ſerrer & frotter les cuiſſes, ſans pouvoir diſſiper l'ardeur de certain endroit où s'étoient concentrés, je crois, tous les eſprits vitaux de mon corps.

Mon compagnon, qui liſoit dans mes yeux la criſe où j'étois, & qui n'ignoroit pas les ſuites de la flagellation, eut pitié de moi. Il tira la table, déboutonna ſa culotte, & tâcha de provoquer ſon cruel priape; mais le vilain inſtrument ne voulut pas céder à nos inſtances: il fallut donc en venir aux verges, dont j'uſai de bon cœur, & dont je vis bientôt les effets, par la croiſſance de l'allumelle de mon homme, qui, profitant du moment heureux, me plaça ſur le banc, & commença à jouer au trou-madame. Mes pauvres feſſes ne pouvant ſouffrir la dureté du banc, ſur lequel Mr. *Barville* me clouoit, je dus me lever, pour me placer la tête ſur une chaiſe & le cul en l'air : cette posture nouvelle fut encore infructueuse, car je ne pus supporter l'attouchement vigoureux de son ventre contre la partie meurtrie. Le plaisir est inventif : il me prit tout d'un coup, me mit nue comme la main, plaça un coussin près du feu, & me tournant sans-dessus-dessous, il entrelaça mes jambes autour de son cou; si bien que je ne touchois à la terre que par la tête & les mains. Quoique cette posture ne fût point du tout agréable, notre imagination étoit si échauffée, & il y alloit de si bon cœur, que la grosse tête de sa machine fut bientôt placée dans mon endroit ; ce qui me fit oublier ma douleur & ma position forcée. Après quelques mouvemens de part & d'autre, je sentis enfler son priape, & goûtai à longs traits les flots de l'injection qu'il me lançoit : de mon côté je rencontrai si juste l'instant de cette décharge, que je répandis à point nommé le nectar de la nature ; ce qui me remplit de telle sorte l'orifice, que cette précieuse liqueur en ſortit à gros bouillons, & vint me couler le long du ſein.

J'avois donc achevé cette ſcène plus agréablement que je n'aurois oſé l'eſpérer, & je fus ſur-tout fort contente des louanges que Mr. *Barville* donna à ma conſtance, & du préſent magnifique qu'il me fit; ſans compter la généreuſe récompenſe que Madame *Cole* en obtint.

Je ne fus cependant pas tentée de recommencer de ſitôt cette manipulation magiſtrale, qui avoit fait ſur mes pauvres feſſes, tout l'effet des mouches cantharides : ayant plutôt beſoin d'une bride pour retenir mon tempérament, que d'un éperon pour lui donner plus de feu.

Madame *Cole*, à qui cette aventure m'avoit rendue plus chere que jamais, redoubla d'attention à mon égard, & ſe fit un plaiſir de me procurer bientôt une bonne pratique.

C'étoit un ſeigneur d'un certain âge, & fort grave, dont le plaiſir conſiſtoit à peigner de belles treſſes de cheveux. Comme j'avois une tête bien garnie de ce côté-là, il venoit régulierement tous les matins à ma toilette, pour ſatisfaire ſon goût. Il paſſoit ſouvent plus d'une heure à cet exercice, ſans ſe permettre jamais d'autres droits ſur ma perſonne; ce qui dura juſqu'à-ce qu'un rhûme m'enleva ce vieux & inſipide fou.

Je vécus depuis dans la retraite, & je m'étois toujours ſi bien ſû tirer d'affaire, que ma ſanté, ni mon teint, n'avoient encore ſouffert aucune altération. *Louiſe* & *Emilie* n'en uſoient pas ſi modérément; & quoiqu'elles ne fuſſent point des abandonnées, elles pouſſoient néanmoins ſouvent la débauche à un excès qui prouve que quand une fille s'eſt une fois écartée de la modeſtie, il n'y a point de licence où elle ne ſe plonge alors volontairement. Avant de continuer le fil

de

de mon hiſtoire, je crois devoir rapporter ici deux aventures, dans leſquelles je fus mêlée, & qui ſerviront à faire connoître mes deux compagnes.

Un matin que Madame *Cole* & nos autres Nymphes étoient ſorties, nous fimes entrer dans la boutique un gueux qui vendoit des bouquets. Le pauvre garçon étoit inſenſé & ſi bégue, qu'à peine pouvoit-on l'entendre. On l'appelloit dans le quartier *Dick le bon*, parce qu'il n'avoit pas l'eſprit d'être méchant, & que les voiſins, abuſant de ſa ſimplicité, en faiſoient ce qu'ils vouloient. Au reſte, il étoit bien fait de ſa perſonne, jeune, robuſte & d'une figure aſſez revenante pour tenter quiconque n'auroit point eu de dégoût pour la malpropreté & les guenilles.

Nous lui avions ſouvent acheté des fleurs par pure compaſſion; mais *Louiſe* qu'un autre motif excitoit alors, ayant pris deux de ſes bouquets, lui préſenta malicieuſement un écu à changer. *Dick*, qui n'avoit pas le premier ſou, ſe grattoit l'oreille, & donnoit à entendre, par ſon embarras, qu'il ne pouvoit fournir la monnoie d'une ſi groſſe piece. » Eh bien ! mon enfant, lui dit *Louiſe*,) » monte avec moi, je te payerai". En même tems elle me fit ſigne de la ſuivre, & m'avoua, chemin faiſant, qu'elle ſe ſentoit une étrange curioſité de ſavoir ſi la nature ne l'avoit pas dédommagé par quelque don particulier du corps, de la privation de la parole & des facultés intellectuelles. La ſcrupuleuſe modeſtie n'ayant jamais été mon vice, loin de m'oppoſer à une pareille lubie, je trouvai ſon idée ſi plaiſante, que je ne fus pas moins empreſſée qu'elle à m'éclaircir ſur ce point. J'eus même la vanité de vouloir être la premiere à faire la vérification des pieces. Suivant cet accord, dès que nous eûmes fermé la porte, je commençai l'attaque, en lui faiſant de petites niches, & employant les moyens les plus capables de l'émouvoir. Il parut d'abord à ſa mine honteuſe & interdite, à ſes regards ſauvages & effarés, que le badinage ne lui plaiſoit pas; mais je fis tant par mes careſſes, que je l'apprivoiſai, & le mis inſenſiblement en humeur. Un rire innocent & nigaud annonçoit le plaiſir que la nouveauté de cette ſcene lui faiſoit. Le raviſſement ſtupide où il étoit, l'avoit rendu ſi docile & ſi traitable, qu'il me laiſſa faire tout ce que je voulus. J'avois déja ſenti la douceur de ſa peau à travers mainte déchirures de ſa culotte, & m'étois, par gradation, ſaiſie du véritable & ſenſible végétatif, qui, loin de ſe retirer au toucher de mes doigts, s'allongeoit & ſe gonfloit pour les rencontrer. Il fut bientôt en ſi bel état, que je vis le moment que tout alloit rompre ſous ſes efforts. Je détortillai une eſpece de ceinture déchiquetée de vieilleſſe, & rangeant une loque de chemiſe qui cachoit en partie ce reſpectable morceau, je le découvris dans toute ſon étendue & ſa pompeuſe forme. J'avoue qu'il n'étoit guere poſſible de rien voir de plus ſuperbe. Auſſi ma laſcive compagne, ravie en admiration, & domptée par le démon de la concupiſcence, me l'ôta bruſquement de la main; puis tirant comme on fait un âne par le licou, le paiſible *Dick* vers le lit, elle s'y laiſſa tomber à la renverſe, & ſans lâcher priſe, le guida dans le charmant labyrinthe des amours. L'innocent y fut à peine introduit, que l'inſtinct lui apprit le reſte. Il enfonça, déchira, pourfendit la pauvre *Louiſe*; mais elle eut beau crier; il étoit trop tard. Le fier agent, animé par le puiſſant aiguillon du plaiſir, devint ſi furieux, qu'il me fit trembler pour la patiente. Son viſage étoit tout en feu, ſes yeux étincelloient, il grinçoit les dents, tout ſon corps, agité d'une impétueuſe rage, faiſoit voir avec quel excès de force la nature opéroit en lui. Tel on voit un jeune taureau ſauvage que l'on a pouſſé à bout, renverſer, fouler aux pieds, frapper des cornes tout ce qu'il rencontre : tel le forcené *Dick* briſe, rompt tout ce qui s'oppoſe à ſon paſſage. *Louiſe* toute ſanglante ſe débat, m'appelle à ſon ſecours, & fait mille efforts pour ſe dérober de deſſous ce cruel meurtrier, mais inutilement; ſon haleine auroit auſſi-tôt calmé un ouragan, qu'elle auroit pu l'arrêter dans ſa courſe. Au contraire, plus elle s'agite & ſe démene, plus elle accélere & précipite ſa défaite. *Dick* machinalement gouverné par la partie animale, la pince, la mord, & la ſecoue avec une ardeur moitié féroce & moitié tendre. Cependant *Louiſe*, à la fin, ſupporta plus patiemment le choc, & bientôt le ſentiment de la douleur faiſant place à celui du plaiſir, elle entra dans les tranſports les plus vifs de la paſſion, & ſeconda de tout ſon pouvoir la bruſque activité de ſon acteur. Tout trembloit ſous la violence de leurs mouvemens mutuels. Agités l'un & l'autre d'une fureur égale, ils sembloient possédés du démon de la luxure. Sans doute ils auroient succombé à tant d'efforts, si la crise délicieuse de la suprême joie ne les eût arrêtés subitement, & n'eût terminé le combat.

C'étoit une chose pitoyable, & burlesque à la fois, de voir la contenance du pauvre insensé après cet exploit. Il paroissoit plus imbécile & plus hébété de moitié qu'auparavant. Tantôt d'un air stupéfait il laissoit tomber un regard morne & languissant sur le déplorable & flasque instrument qui venoit de lui faire tant de plaisir; tantôt il fixoit d'un œil triste & hagard *Louise*, & sembloit lui demander l'explication d'un pareil phénomene. Enfin, l'idiot ayant petit à petit repris ses sens, son premier soin fut de courir à son panier & de compter ses bouquets. Nous les lui prîmes tous, & les lui payâmes le prix ordinaire, n'oſant pas le récompenſer de ſa peine, de peur qu'on ne vînt à découvrir les motifs de notre générοſité.

Louiſe s'eſquiva quelques jours après de chez Madame *Cole* avec un jeune homme qu'elle aimoit beaucoup ; & depuis ce tems, je n'ai plus reçu de ſes nouvelles.

Peu après qu'elle nous eut quitté, deux jeunes Seigneurs de la connoiſſance de Madame *Cole*, & qui avoient autrefois fréquenté ſon académie, obtinrent la permiſſion de faire, avec *Emilie* & moi, une partie de plaiſir dans une maiſon de campagne ſituée ſur le bord de la *Thamiſe*, & qui leur appartenoit.

Toutes choſes arrangées, nous partîmes un après-midi d'été pour le rendez-vous, où nous arrivâmes ſur les quatre heures. Nous mîmes pié à terre près d'un pavillon propre & galant, où nous fûmes introduites par nos écuyers, & rafraîchies d'une collation délicate, dont la joie, la fraîcheur de l'onde, & la politesse marquée de nos galans rehaussoient le prix.

Après cette réfection nous fimes un tour au jardin, & l'air étant fort chaud, mon cavalier proposa, avec sa franchise ordinaire, de prendre ensemble un bain, dans une petite baie de la riviere, auprès du pavillon, où personne ne pouvoit nous voir, ni nous distraire.

Emilie, qui ne refusa jamais rien, & moi, qui aimois le bain à la folie, nous acceptâmes la proposition avec plaisir. Nous retournâmes donc d'abord au pavillon qui, par une porte, répondoit à une tente dressée sur l'eau, de façon qu'elle nous garantissoit de l'ardeur du soleil & des regards des indiscrets.

Il y avoit autant d'eau qu'il en falloit pour se baigner à l'aise; mais autour de la tente on avoit pratiqué des endroits ſecs pour s'habiller, ou enfin, pour d'autres uſages que le bain n'exige pas. Là ſe trouvoit une table chargée de confitures, de rafraîchiſſemens & de confortatifs néceſſaires contre la maligne influence de l'eau. Enfin mon galant, qui auroit mérité d'être l'intendant des menus plaiſirs d'un empereur *Romain*, n'avoit rien oublié de tout ce qui peut ſervir au goût & au beſoin.

Dès que nous eûmes aſſuré les portes, & que tous les préliminaires de la liberté eurent été reglés de part & d'autre, l'on cria bas les habits : auſſi-tôt nos deux amans ſauterent ſur nous, & nous mirent dans l'état de pure nature. Nos mains ſe porterent d'abord vers cette fente ombragée de la plus belle mouſſe; mais ils ne nous laiſſerent pas longtems dans cette poſture, nous priant de leur rendre le ſervice que nous venions de recevoir d'eux, ce que nous fimes de bon cœur.

Mon cavalier fut bientôt nud, à la chemise près, dont il me fit remarquer les mouvemens, causés par un instrument qu'elle cachoit, & qu'il me montra ensuite à découvert, aussi droit qu'une pique. Il voulut sur le champ m'en faire éprouver la force; mais, plutôt pressée du desir de me baigner, je le priai de suspendre l'affaire; donnant ainsi à nos amis l'exemple d'une continence qu'ils étoient sur le point de perdre, nous entrâmes main à main dans l'onde, dont la bénigne influence calma la chaleur de l'air, & me remplit d'une volupté amoureuse.

Je m'occupai quelque tems à me laver, & à faire mille niches à mon compagnon; laissant à *Emilie* le soin d'en agir avec le sien à sa discrétion. Mon drôle, peu content, à la fin, de me plonger dans l'eau jusqu'aux oreilles, & de me mettre en différentes postures, commença à jouer des doigts sur ma gorge, sur mes fesses & sur tous ces petits *& cæ-*

tera, ſi chers à l'imagination ; le tout ſous prétexte de les laver. Comme nous n'avions de l'eau que juſqu'au nombril, il put manier à ſon aiſe cette partie qui diſtingue notre ſexe, & qui ſe trouve ſi admirablement fermée, qu'aucune liqueur ne ſauroit y avoir accès : en l'ouvrant des doigts, il y faiſoit entrer plus de feu que d'eau. Il ne tarda pas d'y pouſſer ſon engin, qui étoit d'une roideur propre à ſatisfaire mon envie. Je ne pus cependant me prêter à ſa volonté, parce que nous étions dans une poſture trop gênante pour que j'y goutaſſe du plaiſir : ainſi je le priai de différer un inſtant, afin de voir à notre commodité les débats d'*Emilie* & de ſon galant, qui en étoient au plus fort de l'opération. Ce jeune homme, ennuyé de jouer à l'épinette, avoit couché ſa patiente ſur un banc, où il lui faiſoit ſentir la différence qu'il y a du badinage au ſérieux.

Il l'avoit premierement miſe ſur ſes genoux, lui montrant d'une main ſa ſuperbe machine, qui ne reſſembloit pas mal à une piece d'ivoire animée, au bas de laquelle pendoient ces deux boules ſi délicieuſes au toucher, & ſi capables de faire naître l'amour. De l'autre main il lui avoit manié les plus belles des levres pour les préparer à recevoir leur vainqueur, qui tenoit ſa tête de cardinal élevée, & ſembloit demander à être admis : ce que la charmante *Emilie* refuſoit tendrement, afin de rendre les plaiſirs plus vifs & plus piquans.

Comme l'eau avoit jetté un incarnat animé ſur leurs corps, dont la peau étoit à-peu-près d'une même blancheur, on pouvoit à peine diſtinguer leurs membres, qui ſe trouvoient dans une aimable confuſion. Le champion s'étoit pourtant à la fin mis à l'ouvrage. Alors plus de tous ces rafinemens & de ces tendres ménagemens. *Emilie* ſe trouva incapable d'uſer d'aucun art; & de quel art en effet, auroit-elle uſé, tandis qu'emportée par les ſecouſſes qu'elle éprouvoit, elle devoit céder à ſon fier conquérant, qui avoit fait pleinement ſon entrée triomphale ? Bientôt cependant il fut ſoumis à ſon tour ; car l'engagement étant devenu plus vif, elle le força de payer le tribut de la nature, qu'elle n'eut pas plutôt recueilli que, ſemblable à un duelliſte qui meurt en tuant ſon ennemi, la belle *Emilie* fit de ſon côté une copieuſe décharge, & nous donna à connoître, par un profond ſoupir, par l'extenſion de ſes membres, & par le trouble de ſes yeux, qu'elle avoit atteint la volupté ſuprême.

Pour ma part, je n'avois point vu toute cette ſcene avec une patience bien calme; je me repoſois avec langueur ſur mon galant, à qui mes yeux annonçoient la ſituation de mon cœur. Il m'entendit, & me montra ſon membre, de telle roideur, que quand même je n'aurois pas deſiré de le recevoir, c'eût été un péché de laiſſer crever le pauvre garçon dans ſon jus, tandis que le remede étoit ſi près.

Nous prîmes donc un banc, pendant qu'*Emilie* & ſon ami bûvoient à notre bon voyage; car comme ils l'obſervoient, nous étions favoriſés d'un vent admirable. A la vérité, nous eûmes bientôt atteint le port de *Cithere*, & déchargé cette précieuſe liqueur qui nous peſoit ſi fort; mais comme les circonſtances ne nous permirent pas d'admettre beaucoup de variation, je t'en épargnerai le détail trop uniforme.

Je te prie auſſi, ma chere amie, de vouloir excuſer le ſtile figuré dont je me ſuis ſervie, quoiqu'il ne puiſſe être mieux employé que pour un ſujet qui eſt ſi propre à la poëſie, qu'il ſemble être la poëſie même, tant par les imaginations pittoreſques qu'il enfante, que par les plaiſirs divins qu'il procure.

Nous paſſames le reſte de la journée & une partie de la nuit dans mille plaiſirs variés, & nous fûmes reconduites en bonne ſanté chez Madame *Cole*, par nos deux cavaliers, qui ne ceſſerent de nous remercier de l'agréable compagnie que nous leur avions faite.

Ce fut ici la derniere aventure que j'eus avec *Emilie* qui, huit jours après, fut découverte par ſes parens, leſquels ayant perdu leur fils unique, furent ſi charmés de retrouver une fille qui leur reſtoit, qu'ils n'examinerent ſeulement pas la conduite qu'elle avoit tenue pendant une ſi longue abſence.

Il ne fut pas aiſé de remplacer cette perte; car, pour ne rien dire de ſa beauté, elle étoit d'un caractere ſi liant & ſi aimable, que ſi l'on ne l'eſtimoit pas, on ne pouvoit cependant ſe paſſer de l'aimer. Elle ne devoit ſa foibleſſe qu'à une bonté trop grande, & à une indolente facilité, qui la rendoit l'eſclave des premieres impreſſions. Enfin elle avoit aſſez de bon ſens pour déférer à de ſages conſeils, lorſqu'elle avoit le bonheur d'en recevoir, comme elle le montra dans l'état de mariage, qu'elle contracta peu de tems après, avec un jeune homme de ſa qualité : vivant avec lui auſſi ſagement & en auſſi bonne intelligence, que ſi elle n'eut jamais mené une vie ſi contraire à cet état uniforme.

Cette déſertion avoit néanmoins tellement diminué la ſociété de Madame *Cole*, qu'elle ſe trouvoit ſeule avec moi ; telle qu'une poule à qui il ne reſte plus qu'une poulette : mais quoiqu'on la priât ſérieuſement de recruter ſon corps, ſes infirmités & ſon âge l'engagerent à ſe retirer à tems à la campagne, pour y vivre du bien qu'elle avoit amaſſé : réſolue de mon côté d'aller la joindre, dès que j'aurois goûté un peu plus du monde & de la chair, & que je me ſerois acquiſe une fortune plus honnête.

Je

Je perdis donc ma chere abbesse avec un regret infini : car, outre qu'elle ne rançonnoit jamais ses chalands, elle ne pilloit non plus en aucune façon ses écolieres, & ne débauchoit jamais de jeunes personnes, se contentant de prendre celles que le sort avoit réduites au métier, dont, à la vérité, elle ne choisissoit que celles qui pouvoient lui convenir, & qu'elle préservoit soigneusement de la misere & des maladies où la vie publique mene pour l'ordinaire.

A la séparation de Madame *Cole*, je louai une petite maison à *Marybone*, que je meublai modestement, mais avec propreté, où je vivotois à mon aise des huit cents livres que j'avois épargnées.

Là je vécus sous le nom d'une jeune femme dont le mari étoit en mer. Je m'étois d'ailleurs mise sur un ton de décence & de discrétion, qui me permettoit de jouir ou d'épargner selon que mes idées en disposeroient : maniere de vivre à laquelle tu reconnoîtras aisément la pupille de Madame *Cole*.

A peine fus-je cependant établie dans ma nouvelle demeure, que me promenant un matin à la campagne, accompagnée de ma servante, & me divertissant sous des arbres, je fus allarmée par le bruit d'une toux violente. Tournant la tête, je vis un gentilhomme d'un certain âge, très-bien mis, qui sembloit suffoquer par une oppression de poitrine, ayant le visage aussi noir qu'un négre. Suivant les observations que j'avois faites sur cette maladie, je défis sa cravatte & le frappai sur le dos, ce qui le rendit à lui-même. Il me remercia avec emphase du service que je venois de lui rendre; disant que je lui avois sauvé la vie. Ceci fit naturellement naître une conversation, dans laquelle il m'apprit sa demeure, qui se trouvoit fort éloignée de la mienne.

Quoiqu'il sembloit n'avoir que quarante-cinq ans, il en avoit néanmoins plus de ſoixante, ce qui venoit d'une couleur fraîche & d'une excellente complexion. Quant à ſa naiſſance & à ſa condition, ſon pere fut méchanicien, mourut fort pauvre, & le laiſſa au ſoin de la paroiſſe; d'où il s'étoit mis dans un comptoir à *Cadix*; où, par ſon active intelligence, il avoit non-ſeulement fait fortune, mais acquis des biens immenſes, avec leſquels il retourna dans ſa patrie, où il ne put jamais découvrir aucun de ſes parens, tant ſon extraction avoit été obſcure. Il prit donc le parti de la retraite, & vivoit dans une opulence honnête & ſans faſte; regardant avec dédain un monde dont il connoiſſoit parfaitement les détours.

Comme je veux t'écrire une lettre particuliere touchant la connoiſſance que je fis avec cet ami eſtimable, je ne t'en dirai ici qu'autant qu'il en faut pour ſervir de connexion à mon hiſtoire, & pour obvier à la ſurpriſe que cette aventure te cauſera.

Notre commerce fut fort innocent au commencement, mais il se familiarisa peu-à-peu, & changea enfin de nature. Mon ami possédoit, non-seulement un air de fraîcheur, mais il avoit aussi tout l'enjouement & toute la complaisance de la jeunesse. Il étoit outre cela excellent connoisseur du vrai plaisir, & m'aimoit avec dignité : ce qui faisoit oublier toutes ces idées dégoûtantes, que la vuë d'un vieux galant fait naître ordinairement.

Pour couper court, ce bon homme me prit chez lui, & je vécus pendant huit mois fort contente ; lui donnant de mon côté toutes les marques d'amour & d'amitié qu'il pouvoit prétendre : ce qui me l'attacha de telle sorte, que mourant peu de tems après, d'un froid qu'il gagna, en courant une nuit à un incendie du voisinage, il me nomma son héritiere, & l'exécutrice de ses dernieres volontés.

Après lui avoir rendu les derniers devoirs de la ſépulture, je regrettai ſincérement mon bienfaiteur, dont le tendre ſouvenir ne ſortira jamais de ma mémoire, & dont je louerai toujours le bon cœur.

J'avois alors atteint ma vingtieme année; j'étois belle, j'étois riche. De tels avantages devroient être plus que ſuffiſans pour ſatisfaire quiconque les poſſede; néanmoins, ſemblable au malheureux *Tantale*, je voyois mon bonheur ſans le pouvoir goûter. Tandis que je vivois chez Madame *Cole*, le délire de la débauche avoit en quelque maniere ſuſpendu mes regrets & banni de mon cœur le ſouvenir de ſa premiere paſſion. Mais dès que je me vis rendue à moi-même, & affranchie de la néceſſité de me proſtituer pour vivre, *Charles* reprit ſon empire ſur mon ame: ſon image adorable me ſuivit par-tout, & je ſentis que s'il n'étoit témoin de ma félicité, s'il ne la partageoit pas, je ne pourrois jamais être heureuſe. J'avois appris, pendant mon ſéjour à *Marybone*, que ſon pere étoit mort, & que ce précieux objet de ma tendre affection devoit revenir inceſſamment en *Angleterre*. Je te laiſſe à penſer, ma chere amie, toi qui connois ce que c'eſt que le véritable amour, avec quel excès de joie je reçus cette nouvelle, & avec quelle impatience j'attendis le fortuné moment où nous devions nous revoir. Agitée comme je l'étois, il n'étoit pas poſſible que je demeuraſſe tranquille : auſſi, pour me diſtraire & charmer mes inquiétudes, je réſolus de faire un voyage dans mon pays natal, où je me propoſois de démentir *Eſter Davis*, qui avoit fait courir le bruit qu'on m'avoit envoyée aux Colonies. Je partis, accompagnée d'une femme-de-chambre, avec tout l'attirail d'une dame de diſtinction. Un orage affreux m'ayant ſurpriſe à douze milles de *Londres*, je jugeai à propos de m'arrêter dans l'hôtellerie la plus voiſine que je trouvai ſur la route. J'étois à peine deſcendue de carroſſe, qu'un cavalier, contraint comme moi de chercher un abri, arriva au galop. Il étoit mouillé juſqu'à la peau. En mettant pied à terre, il pria le maître de la maiſon de lui prêter de quoi changer, pendant qu'on feroit ſécher ſes habits. Mais, ô deſtin trop heureux! quel ſon enchanteur frappa tout-à-coup mon oreille! & de quel raviſſement ne fus-je point ſaiſie, lorſque je l'enviſageai! une large redingote, dont le capuchon lui enveloppoit la tête, un grand chapeau par deſſus, dont les audaces étoient baiſſées; en un mot, pluſieurs années d'abſence ne m'empêcherent pas de le reconnoître. Eh! comment aurois-je pu m'y méprendre? Eſt-il rien qui puiſſe échapper aux regards pénétrans de l'amour? L'émotion où j'étois me faiſant oublier toute retenue, je m'élançai comme un trait entre ſes bras, lui paſſant les miens au cou; & l'excès de la joie m'ôtant la liberté de la parole, je m'évanouis en prononçant confusément deux ou trois mots, tels que « mon ame.... ma vie... » mon *Charles* ». Quand je fus revenue à moi-même, je me trouvai dans une chambre, entourée de tout le monde du logis, que cet événement avoit rassemblé, & mon adorable à mes pieds qui, me tenant les mains serrées dans les siennes, me regardoit avec des yeux, où regnoient à la fois, la surprise, la tendresse & la crainte. Il resta quelques momens sans pouvoir proférer une syllabe. Enfin, ces douces expressions sortirent de sa divine bouche. « Est-ce bien » vous, mon aimable, ma chere *Fanny*? » après un si long espace de tems!... » après une si longue absence!... m'est-» il permis de vous revoir encore?.... » n'est-ce point une illusion?.... » & dans la vivacité de ses transports il me dévoroit de caresses, & m'empêchoit de lui répondre par les baisers qu'il imprimoit sur mes levres. Je me trouvois de mon côté dans un état ſi raviſſant, que j'étois effrayée de mon bonheur, & tremblois que ce ne fût un ſonge. Cependant je l'embraſſois avec une fureur extrême, je le ſerrois de toutes mes forces, comme pour l'empêcher de m'échapper de nouveau. « Où avez-vous été (m'écriois-» je ?).... comment.... comment pû-» tes-vous m'abandonner ?.... êtes-vous » toujours mon amant ?.... m'aimez-» vous toujours ?.... oui, cruel je vous » pardonne toutes les peines que j'ai » ſouffertes pour vous, en faveur de » votre retour ». Le déſordre de nos queſtions & de nos réponſes, le trouble, la confuſion de nos diſcours étoient d'autant plus éloquens, qu'ils partoient du cœur, & que le ſeul ſentiment nous les dictoit.

Tandis que nous étions plongés dans cette cette délicieuſe ivreſſe, que nos ames étoient abſorbées dans la joie, l'hôteſſe apporta des hardes à *Charles*;

je voulus avoir la ſatisfaction de le ſervir & de l'aider de mes mains, ainſi qu'on nous repréſente les Nymphes & les Heures ſervant le Dieu du jour. Aucune partie de ſon corps n'échappoit à mes regards, ni à mes attouchemens. J'eſſayois de les ſécher & d'en pomper l'humidité par la chaleur de mon haleine & de mes baiſers.

Après avoir calmé nos tranſports, mon amant m'apprit qu'il avoit fait naufrage ſur les côtes d'*Irlande*, & que ce qui cauſoit ſon déſeſpoir, c'étoit l'impoſſibilité où ce déſaſtre le mettoit de pouvoir déſormais me faire aucun bien. L'aveu naïf de ſon infortune m'attendrit & m'arracha des larmes. Néanmoins je ne pus m'empêcher de m'applaudir ſecrettement de me trouver dans une ſituation de réparer ſes malheurs.

Il ſeroit inutile, ma bonne, de te retracer ce qui ſe paſſa entre nous cette nuit-là; tu le devines aiſément. Le lendemain nous revînmes à *Londres*, & dans la route je fis à *Charles* ma confession générale : comme la nécessité avoit eu plus de part à mon libertinage que le penchant, il me pardonna tout. Je le sollicitai vainement d'accepter ce que je possédois ; il ne voulut jamais y consentir, qu'aux conditions que notre amour fût ratifié par des nœuds légitimes & indissolubles. Enfin, tu sais le reste, tu connois mon mari, tu es le plus souvent avec nous ; juge si j'ai lieu de me plaindre de mon sort, ou plutôt si je ne suis pas la plus heureuse femme du monde. Adieu, ma chere ; ce que j'exige de ton amitié, c'est de ne point divulguer mes égaremens, & de me croire, &c.

Fin de la seconde & derniere Partie.

CHARME
DES YEUX
Fin Deuxième
& Partie

ENFER
292

www.ingramcontent.com/pod-product-compliance
Lightning Source LLC
Chambersburg PA
CBHW070207030726
47505CB00006B/1603

* 9 7 8 2 0 1 9 5 5 9 4 0 3 *